KB275841

나만 아는 단어

designer's note

유선혜 시인의 〈빠삐용〉을 읽다가 불현듯 떠올랐다.
감옥과 나방이라는 사전 속의 두 단어가
생명을 얻어 세상 밖으로 나오는 과정을 어떻게 보여줄 수 있을까?
두 개의 서로 다른 단어가 특별한 경험에 녹아들어 새로운 이미지,
이야기를 만든다.

'소마트로프(Thaumatrope)'는 19세기 초의 광학 장난감이다.
원반의 양면에 서로 다른 그림을 그린 뒤 빠르게 회전시키면, 시각
적 잔상 효과로 두 이미지가 하나로 겹쳐 보이는 장치다. 분리된 상
태로는 각각 나방과 감옥에 불과하지만, 회전하는 순간 전혀 다른 하
나의 이미지가 탄생한다.
사전 속의 단어에 개인의 경험, 기억의 속도가 더해질 때 의미는 겹
쳐지고 흔들리며 변화무쌍함을 드러낸다. 비로소 '나만 아는 단어'
가 된다.

나만 아는 단어

늘 따라오는 것, 쫓아오는 것,
나를 숨게 하지 않는 것, 무자비한 것,
그러나 모두에게 공평한 것

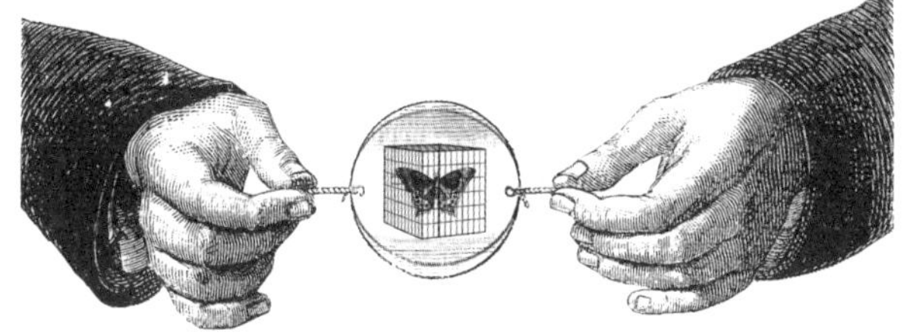

김화진
황유원
정용준
임선우
권누리
김선형
김복희
유선혜
정수윤
김서해

사전을 뒤져도 끝내 석연치 않은 마음이 남는 단어들이 있다. 분명 아는 단어임에도 사전적 정의와 내 삶의 거리 사이에서 길을 잃는 탓이다. 단어와 의미는 단단히 고정된 듯 보이지만, 그 위에 한 사람의 생애가 덧대지는 순간 의미는 비로소 흐르기 시작한다.

누구나 '단어'와 함께 살지만 더욱 가까이 있는 사람들을 생각했다. 수집한 단어로 삶을 축조하는 소설가. 어울릴 것 같지 않은 단어들을 나란히 두면서 새로운 풍경을 만드는 시인. 두 언어를 넘나들며 가장 적합한 단어를 골라내는 번역가까지. 그들에게 아무것도 적히지 않은 단어장을 주면 어떨까.

열 명의 소설가, 시인, 번역가가 저 깊숙한 곳에 아껴두었던 다섯 단어를 보내왔다. 만들어낸 단어. 한 시절을 설명하는 단어. 이제 나를 떠나간 단어. 가깝고도 먼 외국어까지. '나만 아는 단어'라는 이름을 붙였다.

내밀한 단어집인 《나만 아는 단어》에서 작가들은 단어와 의미를 모호하게 하고 의심하고 해체하면서 실컷 휘청인다. 읽는 동안 작가들이 고른 단어에 자신의 삶을 접붙이거나 '나만 아는 단어'를 써 내려가길 기대한다.

차례

김화진

종종

변심

실망

대화

주머니

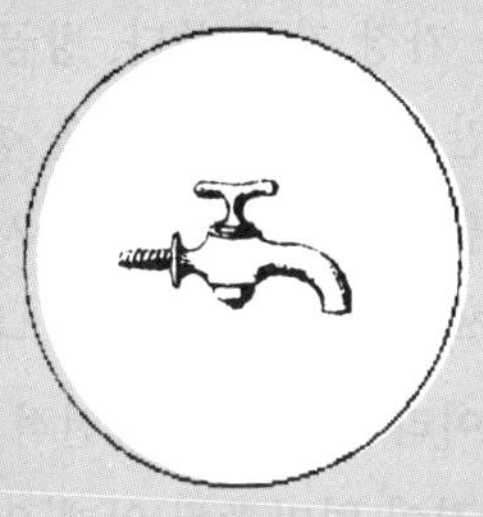

언제나 얼마쯤씩만 있는 것 같은 '종종'으로 자신을 설명해야 마음이 놓이는 사람. 어떤 사람이 '주머니' 속에 숨긴 걸 절대 알 수 없지만 주머니가 있다는 걸 잊지 않으려고 애쓰는 소설가. 기다릴 일이 있다는 점에서 '변심'을 좋아한다. 이를 느리게 더듬어볼 수 있다는 것도 마음에 든다. 좋은 질문과 대답을 갖고 끝내주는 '대화'를 하고 싶지만 '실망'했다는 말을 듣는 건 무섭다. 막상 무섭다고 쓰니 생각보다 덜 무서워하는 것 같지만 그걸 확인하고자 그 말을 듣고 싶은 건 아니다.

종종

상태나 습관을 체크하는 테스트지에서 '무척 그렇다'와 '무척 아니다' 사이에서 주로 '보통이다', '약간 그렇다'에만 체크를 하게 되는 나는 부사 중에서도 '종종'을 가장 자주 쓴다. 방금 쓴 문장이 이상해 보이지만 사실인걸. 종종을 종종 쓰지는 않고 자주…… 많이…… 쓴다. 이 부사는 내 상태를 표현하기에 썩 알맞고, 그리하여 나를 퍽 안심시켜준다. 종종이라는 부사의 사전적 정의는 "시간적·공간적 간격이 얼마쯤씩 있게"인데 이 정의도 마음에 든다. 나는 언제나 얼마쯤씩만 있는 것 같다.

그 부사를 글에도 많이 쓰지만, 말할 때도 자주 쓴다. 누군가가 내게 뭔가를 물을 때, 나는 자주 해요, 매일 해요, 같은 말은 하지 못하고 이렇게 말한다. "운동하세요?" "종종해요. 일주일에 한 번?", "소설 말고 다른 것도 읽으시나요?" "종종 읽어요. 필요하거나 궁금한 게 있을 때……",

"그분과는 자주 만나세요?" "종종 봐요. 서로 바쁘니까…….", "매일 쓰시나요?" "매일 쓰면 좋을 텐데…… 종종 씁니다." 어떤 대답에도 그것을 더 설명하려고 변명이 덧붙는 느낌을 지울 수 없지만……. 그래도 종종이 있어 그나마 나를 설명할 수 있는 것 같다.

아주 안 하는 것도 자주 하는 것도 아닌 어떤 상태에 나를 놓아야만 나를 설명할 수 있다는 느낌은 언제부터 나를 사로잡은 걸까. 왜 꽤 자주 해요, 꾸준히 해요, 같은 말은 못 하는 사람이 되어버렸을까. 쓰다보면 궁금해지지만 언제나 황희 정승 같은 마음으로 그럴 수도 있지…… 그러다가 안 그럴 수도 있지…… 안 그러다가 언제는 그럴 수도 있지…… 같은 생각 습관을 가진 지 오래되었다는 걸 돌이켜보면 역시 마음에 맞는 부사는 종종뿐인 것 같다. 그러고 보면 확신 없는 상태만이 내가 익숙하게 느껴온 나의 상태라는 생각이 들고, 이 문단까지 왔을 때 모든 마지막 어미가 '것 같다'로 끝나는 것 역시 알 만하다 그럴 만하다라는 생각이 든다.

가끔은 종종을 이럴 때에도 쓴다. 누군가에게 네 생각을 했다고 고백할 때. 그때 당신이 했던 말

종종 떠올렸어요. 가을에 우리 만났던 거 종종 생각했어요. 그런 말을 꺼낼 때 늘 마지막으로 하게 되는 말은 "좋았어요"라는 말이다. 그런 말 들은 거 좋았어요. 그때 만난 거 좋았어요. 그 말을 하기 위해, 그 말까지 가기 위해 쓰는 종종은 좋은 계단이 된다. 종종이라는 계단이 없으면 바로 본심으로 추락할 것처럼, 그래서 무릎을 찧거나 너무 빠른 속도로 달려가 상대방을 쳐버릴 것 같은 걱정이 들 때 종종은 나를 조심조심 걷게 만든다.

그런데 이것은 돌다리를 두드려보고 건너는 사람의 조심스러움과는 또 다르다. 그냥 머뭇머뭇 더듬더듬 걸어가는 사람에 가깝다. 돌다리인지 아닌지는 별로 중요하지 않은 것이다. 그게 돌다리건 부서진 돌다리건 나는 그쪽으로 가긴 갈 것이다. 그럼에도 머뭇거리는 것은, 계단이 놓여 있길 바라는 것은 그저 바로 '좋음' 쪽으로 전속력으로 달릴 수 없는, 그래서 천천히 가는 체하는 모양에 가깝다. 성큼성큼 좋음으로 돌진하면 어느 미래에 내가 그 확신을 무르게 될 때를 떠올리고 속절없이 좀 부끄러워지는데 아마 그런 마음 때문에 자꾸만 계단을 두게 되는 것 같다.

확신을 좀 하면 어떻다고 이렇게까지 확신 없

음의 상태에 안정감을 느끼는 사람이 되어버린 걸까? 사는 동안 확신을 했다가 크게 망신당하거나 수치스러웠던 경험이 그렇게 많았던 걸까? 떠올려보면 그런 것 같지도 않은데……. 간접경험이 준 영향일지도 모른다. 앞뒤 없이 확신하는 사람이 고꾸라지는 모습을 보고 대신 수치스러워했다거나 누군가가 뱉은 확신의 말이 뒤집히는 순간 그 사람은 아무렇지도 않은데 (역시) 내가 대신 가슴이 내려앉았다거나 하는 식으로 말이다.

종종이라는 계단은 내게 너무 큰 보폭으로 너무 빠른 속도로 걸어 넘어지지 않게, 발목을 접질리지 않게, 꽈당 넘어져 창피함을 느끼지 않게 해준다. 그렇게 보면 내 속도를 늦춰주는 느린 단어라는 생각이 드는데, 한편으로는 종종의 다른 모양도 떠올리게 된다. 천천히 걷는 걸음을 애써 연습하다보면 생기는 바쁜 마음.

나는 종종거리기도 잘한다. 내 마음은 언제나 종종거리는 편이다. 뭘 그렇게 두리번거리고 살필 것이 많은지, 피부 밖은 가만한 상태인데 피부 안쪽으로만 뭔가가 부랴부랴 허둥지둥 안절부절이다. 어떻게 할 수 없는 것들에, 어떻게 할 수 없는 시간에 나는 항상 종종거린다. 그래서일까, '종종'이라는 단어를 떠올리면 동시에 다른 방향으로 팽팽한 속도와 보폭과 모양이 떠오른다. 종종, 이라고 말할 때의 느릿느릿과 머뭇머뭇. 두서없이 바쁜 마음을 인지했을 때 나 지금 종종거리고 있네, 하고 속으로 문장을 써볼 때의 초조함과 다급함. 내가 가장 익숙하게 떠올리는 나의 모습은 그 양쪽 사이에서 두리번거리며 서 있는 나다.

변심

마음이 들어간 한자어는 들으면 다 좋다. 왜냐하면 마음이라는 단어가 들어가 있으니까……. 그중에서도 변심에 특히 마음이 가는 것은…… 내가 성심이나 진심을 덜 믿는 사람이라서일까? 믿긴 믿는데…… 그걸 더욱 강하게 믿는 사람들에 비해서는 미약하게 믿는 편인 걸까?

사람이 자기 마음 바꾸는 것만큼 놀라운 일이 없다고 생각한다. 그건 옆에서 설득하고 위협해도 잘 안 되는 것이라 더 놀라운 것 같다. 복수심에 들끓던 사람이 아무런 외부의 영향 없이 스스로의 변심만으로 복수할 마음을 내려놓고, 집요하게 누군가를 미워하던 사람이 한순간 허무감을 알아차리고 미워하기를 그만두는 모습을 볼 때, 나는 다른 어떤 동기를 목격할 때보다 깊이 고개를 끄덕이게 되는 것이다.

책을 읽다가도 마음에 관한 다른 사람들의 정의나 묘사가 있는 부분을 읽으면 여지없이 오래

머무른다. 최근에는 폴 오스터의 《보이지 않는》
을 읽다가 이런 부분에 머물렀다. "마음의 문제와
관련해서는 아주 여러 해 동안 어색하고 굼뜬 태
도로 비틀거리며 나아갔지." 이번에도 고개를 끄
덕이며. 그렇지 어떤 마음은 내 마음인데도 어색
하고 마음까지 다가가기가 한없이 느리지……
그것을 "어색하고 굼뜬 태도"라고 쓴 게 좋았다.
어색하고 굼뜬 태도로 마음에 다가가는 사람의
모습을 상상해보았다. 아무래도, 신속하고 민첩
하게 마음에 다가가는 사람보다는 굼뜨고 천천히
다가가는 사람 쪽이 좋은데 아마 그것이 내가 사
는 속도이지 않을까 생각하며.

　변심에 대해서도 마찬가지다. 휙휙 빠르게 돌
변하는 모양이 있는 반면 더듬더듬 꾸물꾸물 변
하는 모양이 있을 것이다. 어떤 변심이든 매력적
일 수 있겠지만 이번에도 내가 기우는 쪽은 느린
쪽. 변해가는 마음까지 더듬어보는 일을 좋아하
는 것 같다. 마음과의 교제가 껄끄럽고 낯선 사람
들은 마음을 멀리서 지켜보게 된다. 이 마음이 내
마음인지 들여다보느라 대답이 늦고 걸음이 느려
진다. 속이 터지지만 어쩌겠는가…… 할 수 있는
일은 시간을 들여 알아보는 일뿐이다. 그리하여

천천히 마음에게로 다가가는 속도를 조금 빠르게 할 수 있다면, 그 마음이 내 마음이 맞는지 아닌지 아는 일을 좀 더 정확히 할 수 있다면 좋은 일이겠지……. 내가 나에게 바라는 것의 전부는 어쩌면 그런 게 아닌가 싶기도 하다.

내가 기억하는 나의 많은 순간 역시 변심의 순간이다. 내내 이렇게 믿어왔다가 다르게 생각할 수도 있겠네, 하고 생각하는 순간. 나는 내가 달라지는 순간만이 놀랍고 기쁘다. 그런 가능성을 지녔다는 사실이 나로 하여금 나를 조금 긍정할 수 있게 만든다. 어떤 유형의 소설만이 내가 좋아할 수 있는 소설이라고 믿고 있던 몇 년을 지나 정반대의 방식으로 쓰인 소설을 마음에 들어 했을 때, 어떤 성격의 사람과는 절대 친구가 될 수 없을 거라고 믿어오다가 한순간 그런 사람과 훌쩍 친구가 되었다는 걸 실감했을 때, 이렇게만 대답하고 반응하며 살아갈 거라고 생각했다가 뜬금없이 정반대의 말을 하거나 선택을 하는 나를 발견할 때, 나는 그 순간을 오래 기억할 거라는 예감을 하곤 한다.

그리고 그런 순간들은 자연스럽게 내 소설에 슬쩍 들어간다. 아무래도 당연하겠지, 소설에는

내가 오래 생각했던 것들이 배어나게 되기 마련
이니까 말이다. 그렇게 생각하면 변심의 순간은
소설 쓰기에 있어 무나 파 뿌리 같은 육수용 재료
인 것 같고, 내 소설에 그런 맛과 향 같은 게 있다
고 말할 수 있는 일은 퍽 좋은 일이라는 생각이 든
다. 앞으로 기다릴 일이 있다는 면에서도 변심은
내게 좋은 두근거림이 된다. 기다린다는 것은 뭔
가를 기대한다는 뜻이고, 그것은 내가 될 때도 있
고 나 아닌 누군가를 향할 때도 있다. 타인이 마음
을 바꿔 먹는 순간을 목격하는 것은 나를 관찰할
때와 비슷하고도 다르게 짜릿할 것 같다는 마음
에서다.

　그리하여 내가 누군가에게 거는 기대가 있다면
스스로가 마음을 바꿔먹기를 기다리기 정도밖에
없는 것 같다. 그것은 고작 그 정도인 동시에 아무
래도 너무 많이 바라는 일인 것이다.

실망

다른 무서워하는 말이 많지만 그래도 역시, 누군
가에게 듣게 된다면 내 심장을 쿵 떨어뜨릴 말이
다, 하고 생각하게 되는 말은 역시 '실망이다' 같
은 말일 것이다. 역시 그 말만이 슬픔 쪽으로도
분노 쪽으로도 내 상태를 변화시킬 만한 말이라
는 생각이 든다. 그 말을 하는 사람이 누구냐에
따라 슬픔 쪽, 분노 쪽으로 나뉘겠지만 다른 선택
지가 있다는 생각은 여간 들지 않는다. 그러니까
실망이라는 말을 들어도 여유 만만한 상태라거나
콧방귀를 끼며 '흥 너나 잘해'라고 응수하는 태연
자약 상태는 있을 수 없지 않을까……. 그럴 수
있을 자신이 없다. 일단 그 말을 들으면 흔들릴
것이다.
　그런데 그 말을 내가 진짜 들은 적이 있던가?
질문은 여기서 그치지 않는다. 어떤 성격의 사람
이 눈앞에 선 상대에게 '실망이다'라고 말할 수 있
을까? 그건 성격이 우선일까 상황이 우선일까?

누군가에게 어느 정도로 신뢰와 기대를 가지고 있어야 실망이라는 말을 할 수 있을까? 내가 생각한 것보다 훨씬 희미하고 얕은 신뢰와 기대를 기반으로 한 상대방에 대한 예상 답안, 근거 없는 추측만을 가지고도 실망이라는 말을 할 수 있는 사람들이 있는 걸까? 나는 내가 두려워하는 말을 돋보기 삼아 여기저기를 들여다보고 싶어 한다. 돋보기가 가까워지는 쪽은 내 쪽이기도 하고 나를 둘러싼 바깥쪽이기도 하다.

돋보기를 내 쪽에 두었을 때 가장 먼저 알 수 있는 사실은 내가 그 말을 쓰기를 정말 꺼린다는 것이다. 이것은 나의 습성. 나는 내가 듣기에 두려운 말을 남들 역시 두려워할 거라고 생각한다. 내가 듣기에 두려운 말은 여간해서는 남들에게 하지 않으려 한다. 그러려고 애쓴다기보다 자연스럽게 되는 일. 고소공포증이 있는 사람에게 높은 곳에 올라가자는 제안을 하지 않는 것과 같다. 내가 올라가기 싫으니 남도 올라가고 싶을 리 없다고 생각하는 일에 가깝다. 하지만 남이 나와 같을 리가 없는데. 겁나는 일 앞에서도 그래 올 테면 와봐! 부딪혀보자! 하고 웃통을 까는 부류의 사람들도 분명 있을 텐데…… 나는 내가 겁쟁이라 다른 사람들도 겁쟁이인 줄 알았던 것이다.

내가 듣기 싫은 말을 남에게도 하지 않기, 라는 방식은 일견 배려라고 하면 배려겠지만, 어떤 배려는 기우이기도 할 테니까. 그리고 그것으로 인해 또다시 알게 되는 나의 어떤 면도 있다. 내게 실망과 배려는 함께 오는 단어구나, 하는 것. 실망이라는 말을 내가 듣기에 너무 두려워서 남에게도 하기 싫은 말이라고 정의한다면, 배려라는 말은 내가 쓰기에 너무 거북해서 남이 쓰는 걸 듣는 것도 싫은 말이라고 정의할 수 있겠다. 나는 최근에 가까운 사람으로부터 "너도 싫어하는 거 진짜 많은 거 알지……"라는 말을 들었는데, 이 글을 쓰면서도 그 말이 떠올라 찔린다…… 싫어하는 게 너무 많은가…….

그렇지만 싫어하는 게 너무 많아도 싫은 건 싫다고 말해보고 싶다. 왜냐하면 실망이라는 말은 할 수 없으니까. 배려는 배려를 받았다고 느끼는 타인의 입장에서 나올 때만 좋다. '배려해줘서 고마워'처럼. 내 입에서 내가 한 일을 배려라고 말하는 사례는 그게 뭐든 싫다. '그건 내가 널 배려한 거잖아'라고 나올 때 같은 상황은. 정말 싫어. 그리고 방금 이 문장을, 은유도 과장도 없이 싫다고 쓸 수 있어서 좋다. 나는 싫다는 말을 하는 데에도 용기를 그러모아야 하는 편이구나. 이런 사실도 다시금 깨닫는다.

내가 가장 두려워하는 실망이라는 단어는 신기하게도 줄줄이 나의 어떤 면을 발견하게 하네. 어떻게 보면 좋아하는 단어보다 훨씬. 싫어하는 말이라 들을 용기가 없다는 고백으로 시작해 싫어하는 것을 말할 용기로 끝맺게 되는 것이, 원고를 시작했을 때 내심 품었던 예상보다 무척 흡족한 마음이 되었다는 것이 놀랍다. 어쩌면 이제 나는 실망이라는 말을 들어도 내가 예상한 것보다 훨씬 무덤덤하거나 덜 상처받는 사람이 되어 있는 게 아닐까? 내가 생각보다 훌쩍 큰 건 아닐까? 실망 주사를 맞으면 엉엉 울 준비를 하고 있었는데 막상 찔리니 눈물 찔끔으로 끝나는 머쓱한 상황처럼 말이다.

물론 그걸 확인하고자 실망이라는 말을 듣고 싶은 건 아니다…….

대화

내가 평소에 사람들과 대화를 잘 나누는 편인지 모르겠다. 아닌 편에 더 가까운 것 같다. 그냥 쉴 없이 농담이나 던지고 있는 것 같은 느낌이다……. 그마저도 성공해야 농담이지 실패하면 그냥 실없는 소리……. 그러니까 뭔진 몰라도 질 좋은 대화를 나누는 것 같지는 않다. 내 이야기를 조리 있게 흥미롭게 전달하고 있는지에도 확신이 없다. 대개 사람들이 들으면 지루해하지 않을까? 싶지만 늘 끙끙거리며 긴긴 이야기를 늘어놓을 뿐이다……. 이렇게 대화에 자신이 없으면서 대화라는 단어를 고른 것은 능력과는 별개로 그래도 "대화"라고 발음해보면 좀 좋기 때문이다. 그 단어를 발음해보기만 해도 마주 보고 이야기하는 것 같고, 두 사람이 있는 것 같고, 두 사람이 주거니 받거니 목소리를 내는 걸 상상하게 되고 그런 상상의 장면이 꽤 흡족하다.

대화라면 모름지기 질문과 대답으로 이루어져

있어야 하겠지. 그렇다면 나는 질문을 잘하는 쪽일까, 대답을 잘하는 쪽일까? 아무것도 못하는 쪽에 가깝다고 나 자신을 인식하고는 있지만…… 굳이 따져보자면 대답을 좀 더 못하는 쪽인 것 같다는 생각이 든다. 질문과 대답 양쪽 모두 그것을 하기까지는 호기심, 궁금함 같은 마음 상태가 필요하다. 질문하는 쪽이라면 상대방에 대한 기본적인 궁금함을, 대답하는 쪽이라면 상대방이 나를 궁금해하겠지 하는 믿음을 지니고 있어야 그 대화가 진심으로 굴러갈 것이라는 생각에서다.

가짜로 궁금해하는 마음은 착한 것 같다. 애쓰는 마음일 테니까. 사실 궁금하지 않지만 궁금해해주는 사람들은 대체로 착한 사람이지 않을까? 오히려 진짜로 궁금해하는 마음이 착함과는 거리가 멀지도 모르겠다는 생각을 한다. 많은 사람을 본 건 아니지만 그래도 살아오며 관찰해본 바, 진짜로 궁금한 것만 물어보는 사람은 상대를 곤란하게 만들 확률이 높은 것 같다. 이를테면 같은 연차의 동료에게 불쑥 '우리 연봉 차이 많이 나나요?' 하고 묻는 사람이라거나 커플처럼 보이는 상대와 상대의 동행에게 '두 분 사귀시는 거예요?' 라고 묻는 사람을 상상해보면 그렇지 않은가? 질문을 받아드는 사람의 성격에 따라 그런 질문에 당황할 수도 당황하지 않을 수도 있지만 나라면 퍽 당황할 것 같다.

하지만 그렇다고 해서 가짜로만 궁금해해야 하나, 상대를 곤란하게 만들지 않기 위해? 스스로에게 묻는다면 그렇지만은 않다. 나는 내 앞에 있는 대화 상대에게 가능하면 진짜로 궁금한 것만 물어보고 싶다. 그리고 아주 속된 욕망으로, 대화를 잘하며 살아야 소설에도 대화를 잘 쓰는 게 아닌가, 제발 그렇게 되고 싶다, 그런 생각을 거듭한다.

거침없이 대화 속으로 들어가며 대화를 진행시키는 걸 잘하는 소설가로는 샐리 루니가 있는데, 항상 이 작가가 대화를 덥석 시작하는 능력을 부러워한다. 심지어 내가 처음으로 샐리 루니라는 작가를 좋아하게 된 소설의 제목은《친구들과의 대화》다…….

"학교가 끝나면 우리는 보비의 방에 누워서 음악을 들으며 서로를 좋아하는 이유에 관해서 이야기했다. 길고 열띤 대화였고 나에게는 너무 중대하게 느껴졌기 때문에 나는 밤에 대화 내용을 떠올리면서 몰래 적어 놓았다. 보비가 나에 관해서 이야기할 때면 거울 속 내 모습을 처음으로 보는 기분이었다. 나는 실제로도 거울을 더 자주 보았다. 예전과 달리 내 얼굴과 몸에 큰 관심을 갖기 시작했다. 나는 보비에게 내 다리 짧아, 길어? 같은 질문을 했다."

좋은 질문을 몰랐던 나는 이런 것 역시 소설에서 배운다. 어떤 걸 물어보면 나의 대화 상대가 흥미로워하며 의외의 대답을 들려주거나 미처 돌아보지 못했던 스스로를 돌아보며 알게 된 것을 최선을 다해 알려주려 노력할까? 그 대답을 통해 나는 나와 그를 비교 대조해보며 이전에는 알지 못했던 나의 어떤 면을 알게 될까?

지금 기억해보면 최근 내가 했던 가장 만족스러운 질문은 장례식장에서 만난 귀엽고 야무진 어린아이에게 "풍뎅이 좋아해?"라고 물었던 것이었다. 대답은 더 좋다. 그 친구는 내게 "낮에는 좋은데 밤에는 별로"라고 대답했다.

주머니

사실 평소에 잘 생각하지 않는 단어지만, 단어를 찾아야지 하는 돋보기 혹은 안경을 눈앞에 댄 채 돌아다니다보니 의외로 이 단어를 건지게 되었다. 실제 주머니도 좋아하고, 내 머릿속에 주머니가 있다고 생각하면 든든해지는 마음이 있다.

주머니가 있는 외투를 좋아한다. 큰 주머니, 넉넉한 주머니일수록 좋다. 백팩을 메거나 크로스백을 두르고 두 손은 주머니 속에 넣고 싶다. 주먹을 꼭 쥐고 팔을 힘차게 저으며 추진력을 얻는 걷기도 좋지만, 두 팔에 힘을 빼고 두 손을 주머니에 푹 담근 채 너울거리며 걷는 것도 좋다.

주머니 정도의 크기에 내 몸의 한 부분이 잘 담겨 있는 것을 느끼거나 상상하는 것이 좋다. 그것이 내게 안전하고 편안한 느낌을 준다. 바람이 부는 날이라면 바람을 막아주는 천이 내 몸을 막아주고 있다는 느낌도 퍽 좋다. 좋아하는 옷에 주머니가 없는 경우도 있지만 그럴 때면 좀 섭섭하다.

"주머니가 없네……." 허벅지 부근을 더듬거리며 꼭 한번은 그렇게 중얼거린 것 같다.

다만 옷에 주머니가 있어도 주머니를 크게 활용하는 편은 아니다. 주머니에 뭐가 많이 들어 있으면 무게가 느는 느낌이라 싫다(까탈스러운가……). 주머니에는 립밤이나 내 손 정도만 들어 있으면 좋겠다. 그 정도 무게가 가뿐하다. 이렇듯 내 주머니에는 별것 없는데, 머릿속에서 상상하는 주머니는 항상 뭔가가 가득 든 주머니다. 현실의 주머니와 상상의 주머니가 정반대로 다른 것까지 내가 주머니라는 말을 좋아하는 이유다.

상상의 주머니를 좋아하는 이유는 역시 그것이 소설과 닮아 있다고 생각하기 때문이다. 그 마음을 직접적으로 쓴 적도 있다. 《공룡의 이동 경로》라는 연작소설에서였고, 그것은 사람을 곧잘 좋아해서 곧잘 서글퍼지는 인물의 말이었다. 서글픔은 떨어지는 물 같은 느낌이 있다. 위에서 아래로 철푸덕 떨어지는 서글픔을 머리끝부터 맞아버리는 느낌 같은 게 있다. 물벼락을 맞듯이. 서글픔이라는 감정은 내게 그런 걸 떠올리게 한다.

그리고 서글픔 물벼락을 한차례 맞고 나면, 머리부터 발끝까지 온몸이 쫄딱 젖고 나면 왠지 후

련한 마음이 들고 그러면 다시 기대감 같은 것이 생긴다. 그건 아마 자연스러운 과정인 것 같다. 몸이 젖으면 곧 다시 마를 것을 알 듯이. 그 인물의 말은 이런 심정으로 쓰였다. 어떤 사람이 주머니 속에 숨긴 걸 절대 알 수 없지만 주머니가 있다는 걸 잊지 않으려고 애쓰는 마음. '주머니 없는데?' 하는 사람에게 드는 서운함에 가끔 맥이 빠지지만 그래도 계속해서 궁금해하는 마음으로.

"귀여운 가족 만화를 그리는 사람에게 가족이 없고, 상처에 무감한 캐릭터를 만들어내는 사람이 누구보다 상처를 오래 들여다본 사람일지도 모른다는 사실을 항상 생각하려고 해. 사람을 상상하는 일. 겉으로 보이는 행동이 전부라고 애써 믿으면서도 그 안을 조금이나마 헤아려보는 일. 나는 그런 걸 그만둘 수는 없는 것 같아. 사람은 주머니 같다. 나는 그 안이 궁금해. 이렇게 매번 실패하고 실패하면서도 계속 다른 사람의 주머니를 엿보거나, 내 주머니를 슬쩍 열어 그 속을 보여주고 싶다는 강렬한 마음이 있었다."[•]

• 김화진, 《공룡의 이동 경로》(스위밍꿀, 2023), 43쪽.

황 유 원

초
고원
senescence
프리랜서
무소속

창 같은 만년필 세 자루를 갖고 교정지로 쳐들어가는, 번역가라는 '프리
랜서'. 지속적인 고양감 속에 머물 수 있는 '고원'의 상태를 시 쓰기라 말
하며 이를 꿈꾸는 시인. 소속란을 쓸 일이 있으면 거침없이 '무소속'이라
고 쓰지만 그 쓸쓸함 앞에서는 뭐라도 붙잡고 아침까지 버티기를 바란다.
그래서 가끔 '초'를 켜는 낭만적인 짓을 하는 것일지도. 참 'senescence'
를 보면서 단어의 숙명을 생각했다면 조금 이상한가? 뭐 어쩌겠느냐마는.

초

나는 아직도 작업하거나 책을 읽을 때 가끔 초를
켜는 낭만적 짓을 한다. 나도 안다, 촛불은 조도
가 낮아서 눈이 금방 피로해진다는 것을. 그래도
전깃불, 특히 LED 조명이 견딜 수 없을 만큼 싫을
때는 잠시라도 초를 켜고 정신을 쉬어갈 수밖에
없다. LED 조명은 뭐랄까, 형편없이 쓰인 지루한
리얼리즘 소설 같아서 때로 정신 건강을 심히 위
협하는 것이다.

그런데 내가 초를 좋아하는 것은 둥글고 은은
하게 퍼지는 그 불빛의 매력 때문이기도 하지만,
'초'라는 단음절 한글 단어의 형상 때문이기도 하
다. 가만히 지켜보고 있으면 '초'는 그 모양부터가
타오르는 촛불을 닮았다.

받침 'ㅗ'의 'ㅡ' 부분은 받침대 혹은 녹아내린
촛농이 퍼져서 굳은 모양이고, 'ㅗ'는 'ㅡ' 위로 거
의 다 타오른, 이제는 생명이 다해가는 초가 그래
도 아직은 꼿꼿이 서 있는 모양이며, 그 위에 가볍

게 떠 있는 'ㅊ'은 날카롭게 찌르는 동시에 둥글게 피어 있는 불꽃 모양이다. '초'라는 단음절 단어에 초와 촛불의 거의 모든 게 담겨 있다니!

물론 라틴어 '칸델라(candela)'에서 유래한 영어 단어 '캔들(candle)'의 비음 'ㄴ'과, 부드러운 'ㄷ'과 함께 굴러가는 'ㄹ'도 초와 어울리긴 하지만, 형태적으로 쌓는 게 아니라 좌우로 퍼뜨릴 수밖에 없는 알파벳으로 만든 'candle'은 애초에 주저앉은 초일 수밖에 없다. '불 화(火)' 자와 '애벌레 촉(蜀)' 자로 만들어진 한자 '촉(燭)' 역시 주저앉지는 않았어도 어딘가 불안정하게 보여서 마음에 들지 않기는 마찬가지다.

초에 불을 붙이려고 성냥을 켤 때의 감각도 좋아한다. 작은 성냥갑에서 붉은 머리의 가느다란 성냥개비 하나를 꺼내 성냥갑 옆 마찰면에 재빠르게 그어서 불이 확 붙을 때 느껴지는 어떤 '사건의 일어남'의 감각! 초에 불을 붙인 후 성냥을 허공에서 이리저리 돌려보다가 후 불어 끄고서 물에 담가 완전히 끌 때 그 숨겨지고 응축된 열기가 '피슉'하고 순식간에 꺼지는 소리도 좋아한다. 이런 즐거움은 감히 라이터 따위로 대체할 수 없다.

내가 몇 년째 사용 중인 성냥갑은 바흐가 봉직

했던 독일 라이프치히의 성 토마스 성당에 딸린 기념품 가게에서 사 온 것이다. 성냥갑의 그림이 재미있는데, 크게 그려진 바흐의 코믹한 반신상 앞에 서로 키가 다른 초 네 개가 둥그렇게 밝혀져 있고, 허공에는 하얀 별 세 개가 반짝이고 있으며, 하얗고 둥근 달 안에는 요한 제바스티안 바흐의 이니셜 'JSB'가 크게 대문자로 적혀 있다. 원래 들어 있던 성냥은 당연히 벌써 다 써버렸고, 따로 구입한 커다란 팔각 성냥갑에서 열 개씩 꺼내 리필해서 사용하고 있다. 마찰면은 이미 너무 많이 사용해서 언제까지 버텨줄지 모르겠지만, 아마 더는 불을 일으키지 못할 때까지 사용하게 되지 않을까 싶다.

오늘은 오랜만에 새로 산 초(며칠 전 대구의 비건 식당 '더 커먼'에서 우연히 보고 데려온 돌멩이 모양의 초)를 켜고, 네팔 카트만두의 어느 서점에서 구입한 타고르의 연작 시집 《반딧불이》를 펼쳐본다. 우리 돈으로 천 얼마 주고 구입한 책치고는 극히 아름다운 빛으로 가득한 책이다. 인용하고 싶은 문장이 많은데, 23번 시에는 이런 구절이 나온다. "소심한 등불에게 용기를 북돋아주고자 / 거대한 밤이 모든 별에 불을 붙인다." 책 옆에 놓인 회색

초가 빼곡한 어둠 속에 박힌 빛나는 돌멩이처럼 듬직하다. 물론 그 존재는 지금도 허공으로 사라지는 중이지만.

그러나 이 모든 시간적 현상과 상관없이, '초'라는 단어는 그 자체로 직립해서 영원히 불타오르고 있는 것만 같다. 낮에도 밤에도. 일 초, 이 초, 삼 초…… 초침처럼 계속 움직여 시계처럼 둥근 시간을 만들어내며. 어쩌면 둥근 빛의 지우개처럼 현실적 시간 자체를 지우며. 그렇게 초는 나의 정신을 고요하게 하는 동시에 살아 움직이게 한다. 입을 열지 않아도 아무래도 너무 소란스러운 전깃불과는 다르게. 초는 나의 정신적 발화 도구다. 이러다가는 나중에 '뿔 등불(horn lantern)'*이라도 하나 구해서 어딜 가든 휴대하고 다니게 될지도.

---

* 코맥 매카시의 《노인을 위한 나라는 없다》를 번역하다가 알게 된 단어로, 반투명하게 깎은 동물의 뼈를 창유리로 사용한 등불이다. 보통 안에 촛대가 있어서 초를 꽂을 수 있다.

고원

그래, '고원'이라는 단어가 있었지, 하고 새삼 생각하게 된 것은 인도 중남부로 배낭여행을 떠났을 때였다. 어쩌면 인도에서 가장 좋았던 도시인 아우랑가바드에서 버스를 타고 다울라타바드 성을 찾았을 때.

다울라타바드는 황량하고 외딴 어느 평지에 커다란 바윗덩이처럼 덩그러니 놓여 있었다. 다른 관광객은 현지인 열 명 정도가 전부. 나와 친구는 버려지다시피 한 그 바위 요새를 천천히 오르기 시작했는데, 웬걸, 계속 이어지는 계단과 암굴 통로 때문에 오르는 데 거의 한 시간이나 걸렸던 것 같다. 그러고서 정상에서 갑자기 활짝 펼쳐진 데칸고원의 풍경.

이제는 시간이 너무 많이 흘러 그 풍경이 자세히 기억나진 않지만, 지금도 잊히지 않는 것은 바로 '고원과의 첫 만남'이라는 감각이다. 나는 여행하는 내내 데칸고원에 있었으면서도 고원에 대한 어떤 생각이나 느낌이 전혀 없었는데, 다울라타바드 정상에 이르러 고원을 온몸으로 만나고서야 그전에는 한 번도 느껴보지 못한 희열감과 함께 실재로서의 고원을 자각했던 것이다. 한마디로 나는 어떤 '고원의 상태'에 이르렀다. 저 멀리 낮은 땅을 기듯이 달리는, 온갖 인간 군상을 싣고 있을 기다란 기차는 꼭 어린 시절 갖고 놀던 장난감처럼 보였고.

바람은 또 어찌나 세게 불던지! 나는 친구에게 뭐라고 외쳤지만 그 소리는 친구에게 거의 전달되지 않았고, 그것은 친구의 외침 또한 마찬가지였다. 그곳에서는 말이 목구멍에서 나오자마자 바람에 날아가버렸다. 몇천 년, 아니 몇만 년이 흘러도 별로 변하지 않을 것 같은 풍경 앞에서 시간마저 날아가버린 듯했다. 꼭 두꺼운 옛날 책에 나오는 광야에 내던져진 듯한 기분. 그것이 나와 고원의 첫 만남이었다.

그 후로 '고원'이라는 단어는 내 머릿속에서 특별한 지위를 차지하게 되었다. 마치 철학자 들뢰즈와 가타리가 인류학자 그레고리 베이트슨의 논문 〈발리: 지속 상태의 가치 체계〉에서 '고원' 개념을 빌려와 《천 개의 고원》을 썼을 만큼 그 단어를 애착했던 것처럼 말이다. 그 논문에서 베이트 슨은 "일종의 지속적 고원(plateau)의 강도가 절정(climax)을 대체하는" 발리인의 삶에 대해 논한다. 이를테면 발리의 음악은 그 강도가 점점 더 세지다가 클라이맥스에 이르는 현대 서구적 구조 대신 형식적 구조에 따른 전개를 그 특징으로 하며, 발리에서는 청중 앞에 선 화자 역시 이야기를 쪽 이어나가며 고조시키는 대신 한두 문장을 말한 후 청중이 구체적 질문을 던져 그 흐름과 긴장을 끊어주기를 기다려야만 한다는 것이다. 절정에 이른 후 하강하는 방식과, 완전한 절정에 이르기를 포기하는 대신 고원과 같은 상태에 오래 머무르길 택하는 방식의 차이. 나는 후자의 방식을 너무 좋아한 나머지 〈포카라〉라는 시에서 "높은 데 오면 정신은 더 이상 / 내려가지 않아 / 그곳에 앉아 따뜻한 차나 한잔 마신다 (⋯) 귀국일 미정"이라고 쓰기도 했다.

데칸고원 이후 다시 고원의 감각을 느낀 것은 한라산에서였다. 아마 '선작지왓'*이었던 것 같은데, 비교적 가파른 길을 한참 동안 오르다보니 어

* '작은 돌이 서 있는 밭'이라는 뜻.

느 순간 드넓게 펼쳐진 고원지대가 나오는 게 아
닌가? 다울라타바드의 경우와 마찬가지로 거기
그런 게 있을 줄 모르고 만난 광경이었기에 놀라
움과 황홀함은 상상 이상으로 컸다. 역시 좋은 건
모르고 만나는 게 최고다.

다들 알다시피 정상에 오르면 다음에는 내려가
는 길뿐이다. 정상은 짜릿하고도 짧다. 반면에 고
원에 올라 산책하면 어느 정도 높은 강도를 오랫
동안 유지할 수 있다. 지속적인 고양감 속에 머무
를 수 있다. 하지만 언젠가는 고원에서도 내려가
야 하는 게 우리의 인생.

시를 쏠 때마다 느끼는 사실이지만, 시 쓰기도
실은 고원을 산책하는 일 같다. 시를 쓰는 동안 어
느새 도달한 고원은 시가 끝나는 동시에 서서히
흐려지다가 곧 그 고도와 넓이를 상실하고 만다.
그래서 시인은 늘 불만족 상태에 머무르며 다음
고원을 기다린다. 고원이 사라진 곳에서 다음 고
원을 기다리는 동안 삶은 부질없이 흘러간다. 어
떻게 하면 고원의 상태에 좀 더 오래 머무를 수 있
을까? 그것이 나의 요즘 화두다. 그 답을 찾겠다
는 핑계로 조만간 발리 여행이라도 떠나야 하는
지도 모르겠다.

senescence

어떤 책을 번역하다가 'senescence'라는 단어를 보고 순간 가벼운 어지러움을 느꼈다. 그러고서 다시 보고는 내 눈을 의심했고, 이윽고 발음을 시도하자 혀가 꼬이기 시작했다. 센……? 씬……? 씬스……?

어떻게 발음해야 좋을지 알 수 없었지만, 나는 발음보다도 그 형태의 기이함에 더 놀랐기에 우선 단어의 외형부터 자세히 관찰하기 시작했다. 꽤 긴 단어임에도 비교적 단순하게 보이는 것은 반복이 많기 때문인 듯했다. 's'가 두 개, 'e'가 네 개, 'n'이 두 개, 'c'가 두 개였는데, 더 자세히 보니 'sen + e + scen + ce'으로 분리되는 것 같았고, 이렇게 보니 좀 더 명쾌해지는 동시에 좀 더 어지러워졌다. 뒷부분 'scen + ce'는 놀랍게도 앞부분 'sen + e'에서 각각의 'e' 앞에 'c'가 추가되어서 만들어진 변형 및 확장 형태였는데, 이 두 부분이 한데 붙어서 'senescence'라는 어지러운 한 단어를 이루고 있었던 것이다.

무슨 뜻일까? 하지만 역시 뜻보다는 어떤 뜻들이 한데 붙어 덩어리를 이룬 후 기어가는 것처럼 보이는 모습에 더 흥미가 가 좀 더 지켜보기로 했다. 다시 보니 오른쪽에서 왼쪽으로 기어가는 애벌레처럼 보이기도 했다. 왜 하필이면 애벌레였을까? 저 단어는 위아래로 튀어나온 획이 하나도 없이 매우 깔끔하다. 그래서 하나의 긴 몸통처럼 보였던 것이다.

그리고 내가 모르는 그 애벌레는 내가 아는 단어들로 만들어져 있었다. 혹은 내가 아는 단어들을 떠올리게 했다. 우선 애벌레의 머리 부분인 'sene'은 바로 뒤에 오는 's' 때문에 마치 'sense', 즉 '감각'처럼 보였다. 애벌레는 머리를 이리저리 움직여 주위를 살피는 동시에 감각을 즐기며 조심스레 기어가고 있었다. 그다음 가슴 부분인 'scence'는 두 번째 'c'가 무시된 채 'scene', 즉 '장면'처럼 보였다. 애벌레는 몸을 움직여 앞으로 나아가며 풀을 갉아 먹고 똥을 싸거나 몸을 말아 적에게서 벗어나며 벌써 인생의 여러 장면을 만들어가고 있었다. 달리 말하면 그 여러 장면이 곧 그의 인생이었다.

마지막으로 배와 꼬리 부분은 'sentence', 즉 '문장'을 떠올리게 했다. 애벌레 몸에 't'는 없었지만 'sen'으로 시작해서 'ence'으로 끝났기에 자연히 내게 친숙한 단어인 'sentence'가 떠올랐던 것 같다. 혹은 애벌레가 움직이며 체액을 남기는 모습이 마치 문장을 쓰는 것처럼 느껴졌기 때문에 그랬을 수도 있다. 혹은 애벌레가 만든 '장면'들이 문장으로 변환될 수도 있고, 그 과정에서 새로운 해석을 거쳐 의도치 않게 새로운 의미를 얻으며 변태할 수도 있기 때문에 그랬을 수도 있다.

어쨌거나 'senescence'라는 뜻도 모르는 단어는 발음되기도 전에 우선 그 이미지로 내 머릿속에 각인되었다. 물론 이 경우에는 각인되었다기보다는 적절히 배분된 네 개의 관절 'e'를 움직이며 애벌레처럼 기어들어 왔다고 해야 더 정확하겠지만.

나는 애벌레가 완전히 어둠 속으로 기어들어 간 후에야 단어의 뜻을 찾아보았는데, 놀랍게도 혹은 당연하게도 그 단어는 내가 생각한 뜻과는 아무 상관이 없었다. 나의 생각은 이미지가 만들어 낸 허상에 불과했던 것이다. '시네슨스' 정도로 발음되는 'senescence'는 허망하게도 '노쇠'를 뜻했다.

'senescence'는 '늙어가다'를 뜻하는 라틴어 'se-nescere'에서 파생되었고, 'senescere'는 다시 '노인'을 뜻하는 'senex'에서 파생되었다고 했다. 노령, 노경, 노망, 노쇠……. 그러니까 'senescence'는 엄청 안 좋은 뜻이 아닌가!

그런데 과연 그런가? 그게 안 좋은 건가? 다시 생각하니 애벌레가 늙는 것은 당연하고도 자연스러운 일로 느껴졌다. 노쇠는 자연의 섭리에 참여하는, 자연의 섭리 속에서 펼쳐지고 굴러가는 일이다. 시간 속에서 자연스레 진행되는 일이다. 슬프지만, 실은 슬퍼할 게 없는.

모든 존재는 저 단어의 숙명에서 벗어날 수 없다. 애벌레로 태어나 노쇠를 거쳐 죽는다. 그런 점에서 우리는 모두 공평하다. 잘났든 못났든 우리에게 주어진 시간은 엇비슷하다. 누구에게나 시간은 한정되어 있고, 그러니 어리다고 늙었다고 불평할 이유는 없는 것이다.

이 모든 생각이 'senescence'라는 모르는 한 단어에서 시작되었다니 신기하다고 생각하려는 순간, 'senescence'가 다시 어둠 속에서 천천히 기어나와 뭐라고 말하기 시작한다. 뭐라고 하는 걸까? 나는 아직 애벌레이니 늙은이 취급하지 말라고?

그래, 나에게 너는 아직 '노쇠'보다는 '감각 + 장면 + 문장'에 가깝다. 나의 사랑하는 애벌레야, 내가 살아 있는 동안 마음껏 감각하고 그렇게 감각한 장면들을 놀라운 문장으로 변태시킬 수 있게 도와다오, 제발.

프리랜서

가끔 누가 무슨 일 하시냐고 물으면 차마 '시인'
이라고 할 수는 없으니 그냥 '프리랜서'라고 대답
하곤 한다. 어떤 프리랜서냐고 물으면 다시 "그냥
요"라고 대답해준다. 동네 인테리어 사장님에게
괜히 '번역가'라고 말했다가 번역가는 어떤 직업
이고 한 달에 얼마를 버느냐는 질문을 끈질기게
받은 적이 있기 때문이다. 그러니 그럴 때는 "그
냥요" 하고 씩 웃고 마는 게 최선이다.

그런데 아닌 게 아니라 나는 이 '프리랜서'라는
말이 딱히 싫지 않다. 아니, 오히려 꽤 좋아하는
것 같다. 프리랜서는 과거 중세 시대까지 거슬러
올라가는 말로, 원래 '자유로운(free) 계약에 따
라 전투에 참여하던 창기병(lancer 혹은 lance)'을
뜻하던 단어다. '자유'와 '창'의 합성어! 물론 나
는 창기병은 아니지만 종이 교정지를 받고서 교
정 작업을 할 때만은 창을 든다. 내 창은 다름 아
닌 만년필. 내게는 총 세 자루의 만년필, 그러니까

아버지에게 물려받은 몽블랑 마이스터튁 149, 라미 사파리 그린, 그리고 홍콩에서 시인 베이다오에게 받은 피카소 만년필이 있는데, 그때그때 마음에 드는 브랜드와 색의 잉크를 구입해 깨끗이 씻어 말린 만년필에 넣어준 후 곧바로 교정지로 쳐들어간다(그렇다, 교정은 한순간도 방심할 수 없는 전투인 것이다!). 어쨌거나 그런 이유에서 프리랜서라는 단어는, 어디에도 잘 속하지 못해서 본의 아니게 자유로운 내게, 만년필을 창처럼 들기를 좋아하는 내게 썩 잘 어울리는 말 같다.

물론 아쉽게도 요즘에는 종이 교정지를 받을 때가 거의 없긴 하다. 10년 전에 번역 일을 본격적으로 시작했을 때만 해도 PDF 파일 교정지와 종이 교정지의 비율이 반반이었던 것 같은데…… 그러고 보니 마지막으로 종이 교정지를 받은 게 언제였더라? 잘 기억나지도 않는군. 자신은 문서 파일 작업에 서툴러서 종이 교정지가 편하다고 했던, 지금은 일을 관두신 어느 편집자분이 떠오른다. 하긴, 그동안 세월이 많이 흘렀지. 요즘 젊은 편집자들로서는 종이 교정지로 작업하는 건 상상할 수도 없을 만큼 비효율적인 일인지도 모르겠다. 물론 나도 컴퓨터로 작업하면 이래저래

편하긴 하지만, 그래도 씻고 말린 만년필에 새 잉크를 채워서 처음으로 종이 교정지에 한 자 한 자 또박또박 쓸 때의 엄숙함과 긴장감은 컴퓨터 작업으로는 도저히 경험할 수 없는 것이다. 이렇게 말하니 정말 구식 창기병 같은데, 다행히 그런 내가 부끄럽거나 하진 않다. 오히려 두 가지 경험을 모두 해봤다는 사실에 안도감을 느낀달까.

창을 사용할 일이 거의 없어졌어도 만년필 세 자루는 사용 유무와 상관없이 어떤 상징물로서 책상 오른쪽에 늘 얌전히 누워 있고, 그것들을 볼 때마다 나는 내가 글자 그대로 '프리랜서'라는 엄연한 사실을 되새긴다. 내가 책 한 권 한 권으로 먹고사는 번역가임을, 꼭 번역뿐만이 아니라 인생 자체가 전투임을, 그리고 내게는 저 소중한 창이 거의 유일한 밥벌이 수단임을.

나는 너무 쉽게 읽히는 요즘 시인보다는 잘 읽히지도 않는 옛날 시인을 훨씬 더 좋아하는데('읽히지 않는다'는 게 핵심이다), 그중 한 명이 바로 고대 그리스의 시인이자 군인인 아르킬로코스다. 우리에게는 사포와 호메로스만큼 잘 알려진 이름은 아니지만, 그 둘에 필적하는, 혹은 그 둘을 뛰어넘는 시인이다. 지금까지 전해지는 몇 안 되는 단편 가운데 '단편 2번'으로 알려진 시를 특히 좋아한다. 그리스어 원문과 영어 번역을 참고해서, 수동태를 살려서 어설프게 옮겨보면(모든 시의 번역은 어설플 수밖에 없다) 대충 이런 내용이다. "창으로 내가 먹을 빵 반죽되고, 창으로 내가 마실 / 이스마로스* 포도주 채워져, 그 창에 기대어 나는 마시네."

창으로 먹고 마실 것을 마련한다는, 즉 밥벌이한다는 것까지는 그리 대단하게 들리지 않을지도 모르겠다. 누구나 어떤 수단으로 밥벌이하며 살고 있으니까. 그런데 저 시의 놀라운 점은, 창을 휘둘러 마련한 포도주를 마실 때조차 그 창에 기대어 마신다는 마지막 부분이다. 잠시 한잔할 때도 감히 내려놓을 수 없는 저 창. 차라리 인생 자체라고 부르고 싶은 저 창. 인생이 흘리고 인생 때문에 흐른 온갖 피 냄새를 풍기는 창이다. 그리고 오늘도 나는 저 창에 기대 서 있다. 창이여, 부디 나를 버리지 말라. 그대가 나를 버리지 않는 한, 오늘도 나는 그대를 들고 삶 속으로 용감히 뛰어들 테니.

• 트라키아 지방의 나라로, 유명한 포도주 산지였다.

무소속

앞에 '없을 무(無)' 자가 들어간 3음절 단어를 좋아하는 편이다. 무소식, 무관심, 무소유, 무뢰한, 무저갱 등등. 생각해보니 대사도 자막도 없는 한 영화를 소재로 〈무언어〉라는 시를 쓰기도 했고, 심지어 내가 제일 좋아하는 과일은 무화과다. 물론 그 맛을 좋아한다고 해서 그 단어까지 특별히 좋아하는 것은 아니지만.

그중 근래 가장 자주 생각하는 단어는 바로 '무소속'이다. '무' 자로 시작하는 다른 단어들처럼 처음부터 그 단어가 특별하게 다가온 것은 아니었다. 보통 무소속은 선거철에나 보는 딱딱하고 멋대가리 없는 단어였으니까.

그런 그 단어가 내 머릿속에 거의 난입하다시피 해서 콱 박힌 것은 순전히 강의계획서 때문이었다. 가끔 특강 같은 걸 하기 전에 강의계획서 등 관련 서류를 작성해야 할 때가 있는데, 그럴 때 종종 소속 및 지위를 쓰라는 칸과 마주하게 되었고,

그때마다 좀 당황했다. 나는 어딘가에 소속된 적이 없었고 당연히 지위랄 것도 없었기에. 그와 동시에 마흔 살이 넘도록 어디에도 소속되지 않은 나 자신의 현실을 난생처음 되돌아보게 되었다. '아, 나는 무소속이었구나' 하고 자각하게 된 것이다. 그리고 그다음부터는 그 칸에 서슴없이 쓸 줄 알게 되었다. 무, 소, 속, 이라는 세 글자를.

애초에 원해서 무소속이 된 것은 아니었다. 뭐랄까, 현명하게 한 우물을 파는 대신 늘 이곳저곳 기웃거리다보니 자의 반 타의 반 낙동강 오리알 비슷한 신세가 되고 말았달까. 서른 살 넘어 대학원 학비를 벌기 위해 다니던 회사의 한 과장님은 어느 날 식사 자리에서 "이런 말은 좀 그렇지만, 서른 살 넘어서까지 이런 거(출퇴근 알바) 하고 있으면 안 된다"라는 소신 발언을 세게 해주시기도 했지. 첫 시집 발간 후에는 돈벌이를 위해 강의라도 해보고 싶어서 모교의 어느 교수님을 찾아가 간곡히 부탁드렸으나, 국문과 출신이 아닌 사람에게 강의를 주는 것은 사실상 불가능하다는 대답이 돌아왔다. 다른 대학의 대학원에 진학한 후에도 타교 출신이라고 차별을 받거나 그러진 않았지만, 나중에 알고 보니 그들만의 소위 '성골'

단체 대화방 같은 게 있다고 했다. 학교 다닐 때 어떤 선배가 "유원 씨도 진골이죠?"라고 해서 속으로 '그게 뭔 소리야' 하고 웃어넘겼던 적이 있는데, 출신 성분이라는 게 완전히 무시할 성질의 것은 아니었는지도. 나는 늘 너무 순진하기만 했는지도.

어쨌거나 박사 학위를 마치지 못했기에 결국 그 대학에도 소속될 수 없었다. 그리고 그 무렵 나는 사실상 전업 번역가가 되었다(물론 '되었다'는 말은 좀 이상한데, 전업 번역가는 전혀 영구적인 지위가 아니기 때문이다. 일감이 없으면 그냥 무일푼일 뿐).

이제는 무소속을 어느 정도 나의 자연스러운 현실로 받아들이게 된 것 같다. 그런데도 늦은 밤까지 일하다가 너무나도 고요한 시간에 혼자 '무소속'이라고 발음해보면 어쩔 수 없이 어떤 결기와 함께 한없는 쓸쓸함이 느껴진다. 해 질 녘 드넓은 벌판에 홀로 서 있는 느낌. 어둠이 내리는 가운데 찬 바람이 불어오기 시작하는데, 오늘은 또 어디서 이 긴긴밤을 건너야 하나……. 밤을 건너가게 해주는 거라면 뭐든 다 괜찮다고 존 레넌은 〈Whatever Get You Thru the Night〉에서 노래했지만, 무소속이라는 단어의 쓸쓸함 앞에서는 무엇도 괜찮기 어렵다는 기분이 든다. 누구라도 뭐라도 붙잡고 아침까지 버티고 싶은 기분. 프리드리히 니체라면 바로 그런 이유로 우리가 다른 사람을 찾아 그들 사이에 소속되는 거라고 말했으리라. 남을 사랑하고 아껴서가 아니라 자신의 쓸쓸함을 견딜 수 없어서, 오직 자신의 안위를 위해 그러는 거라고.

그런데 사실 우리는 본질적으로 누구나 다 무소속감을 느끼는지도 모르겠다. 어느 단체에 소속되어 있다고 해서 자연히 소속감을 느낄 거라는 것은 당연히 너무 단순하고 멍청한 생각이겠지. 이 비정한 인생에서 결국 우리는 누구나 다 혼자일 수밖에 없으니까.

앞으로도 소속란을 쓰게 될 일이 생기면 거침없이 무소속이라고 쓸 것 같다. 거기 굳이 무소속이라고 쓰는 바보는 아마 나밖에 없겠지만, 그래도 존재는 무소속이라는 사실을 정면으로 바라보기 위해서. 그게 아니면, 어디 무슨 후보로 나가는 것도 아니면서 자꾸 무소속, 무소속, 이라고 해서 나를 좀 웃겨보기 위해서라도.

정 용 준

포옹

유령

산책

더듬다

겨울

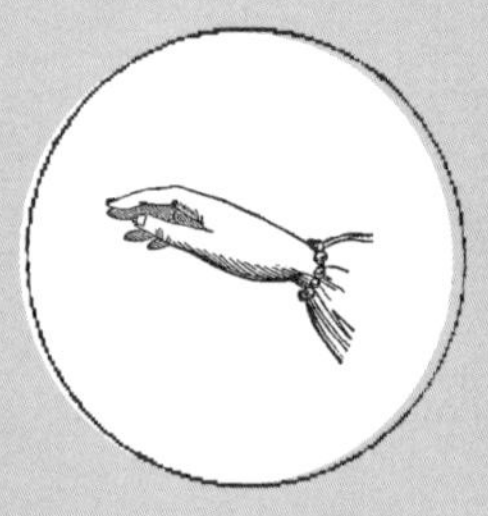

'겨울'을 좋아하는 겨울 산. 예언자의 이 말을 자신의 핵심에 도달하는 상징으로 여기는 소설가. 포개진 셔츠는 떨어지지 않는 '포옹'을 꿈꾸지만 나는 나고 너는 너인 것은 얼마나 서러운지. 어둠 속에서 무언가를 찾기 위해 허둥대며 '더듬는' 손의 애씀. 짐작하는 건 지치고 예상하고 상상하는 건 너무 힘들어 자라나는 초조를 '산책'으로 다스린다. 목적지도 없지만 멈추지 않는다는 사실의 위안. 죽은 자, 잃어버린 자, 이름으로만 남은 자, 이름조차 부를 수 없는 자, 그러니까 '유령'. 이 모든, 더럽게 서글픈 떨어짐과 헤어짐. 당신에겐 없나? 정말?

포옹

'안을 포(抱)'와 '낄 옹(擁)'. 두 글자가 만나면 포옹이 된다. 단어의 조합만으로 알 수 있다. 그것은 말이 아니다. 몸이다. 생각이 아니다. 행동이다. 하나가 아니다. 둘이다. 사이를 좁히는 용기와 끌어당길 힘. 누군가는 누군가에게 그렇게 해야 한다. 팔을 벌려 상대를 안쪽으로 들이는 일. 내 몸과 네 몸을 맞대는 일. 안을 수 있고, 안길 수 있고, 함께 안을 수 있고, 함께 안길 수도 있어야 하는 일. 한 사람이 두 팔을 벌리면 딱 한 사람이 들어올 수 있는 공간이 생긴다. 누군가 다가오면 열리는 문이다. 누군가 들어오면 잠기는 자물쇠다. 팔은 상대의 몸피에 맞게 조여진다. 빈틈이 사라질 때까지 가까워진다. 순간, 하나가 된 둘. 두 개의 물방울이 하나가 되듯. 빛과 빛이 만나면 어째서인지 깜깜해지듯.

단어를 바꿔보자. '안을 포(抱)' 자 대신 '잡을 포(捕)'. 사로잡아 안으로 들이는 일. 어떤 포옹은 이상한 꿈을 꾼다. 너를 사로잡고 싶다. 네게 사로잡히고 싶다. 포획당할 때 느껴지는 체념과 안정. 길들인다고 생각하는 자는 어느새 길들여졌고 좁고 깊은 웅덩이에 빠진 자는 저 멀리까지 헤엄치고 있네. 네가 두 팔을 벌릴 때 다가서게 된다. 자력에 이끌리듯. 불가항력이라고밖에 표현할 수 없는. 맞아. 그런 것도 있지.

이상하지. 더는 붙을 수 없는데 더 붙으려고 하는 쪽이 있네. 비어 있는 공간도 틈도 없는데 더 파고드는 쪽이 있네. 몸이 문이라면 열고 들어갈 텐데⋯⋯. 질긴 피부와 단단한 뼈에 한계를 느끼네. 나는 네가 아니고 너도 내가 아니라는 결국의 실감. 아무리 우리라고 우겨도, 하나처럼 붙어 있어도, '연결되었어', '뒤섞였어' 감탄사를 내뱉어도, 마침내 실감. '나는 나고 너는 너구나' 그것이 얼마나 서러운지. 아이는 울고 연인은 몸부림치고 친구는 고요히 등을 두드리네. 포옹했다가 떨어져야 하는 아침. 진동하는 지금. 끌어당기는 팔은 밀어내는 팔이 되고 인력은 척력이 되는 더럽게 서글픈 떨어짐과 헤어짐.

너는 내 머리통을 껴안고 있다. 안겨 있는 머리통은 말없이 말한다. '더 들어가도 될까.' 깊은 심

호흡과 함께 갈비뼈가 활짝 열리면 공처럼 둥근 머리통은 안쪽으로 더 들어간다. 캄캄한 밤. 희미하게 밝은 달처럼 눈과 코와 입과 귀가 거기에 떠서 보고 맡고 먹고 듣네. 축축하고 따뜻한 내장. 단단하고 가는 뼈. 붉고 희게 파도치는 물과 피. 쿵쿵. 쿵쿵. 박동보다 빠른 충동이 서서히 피치를 올리고 있다. 안고 있는데 안고 싶다. 안겨 있는데 안겨 있고 싶다. "떨어져야 하니까 떨어지지 말자" 중얼거리는 말이 있고 그 말을 따라 하는 침묵이 있다.

피부는 피부의 불안을 감지한다. 심장은 심장의 초조를 느낀다. 호흡은 호흡 속에 스민 밤과 낮을 본다. 듣는다. 그래서 웃기(기)도 하고 울(리)기도 한다. 옮겨지나 전염되지는 않는 암흑이 있다. 차가운 얼음을 녹이는 불. 뜨거운 불길을 잠재우는 물. 포옹하는 자들은 물이 되었다가 불이 된다. 불타는 겨울 산을 녹이는 여름비. 안았다가 쉽게 떨어질 수 없는 이유가 여기에 있다. 더 강하게 힘을 주고 더 깊이 파고드는 이유가 여기에 있다. 팔을 푸는 순간 켜지는 형광등이 싫다. 스위치를 올리는 잔인한 손. 몸이 떨어지는 순간 시작되는 절벽. 함께 있던 모든 감각은 기억되지 않고 꿈처럼 머물다 작고 잘게 부서진다. 부스러기들. 꽃씨라고 생각했지만 재가 되어 사라지는 초감각들. 그 온도. 그 압력. 그 부드러움. 그 단단함. 정말이었나? 진짜였어?

만날 때 포옹하고 헤어질 때 포옹하는 사람들. 붙잡고 싶어 안았다가 다시 놓아야 하기에 안아야 하는 사람들. 팔을 벌리면 들어가지만 다시 팔을 벌리면 나가야 한다. 문지방을 밟고 망설여도 다시 되돌아가도 소용없는 일. 언젠가는 그 문으로 반드시 걸어 나가는 이가 있지. 작아지는 등과 멀어지는 눈동자가 있지. 그러나 기억은 다르다. 느낌은 다르다. 끝없이 재생하며 명령하는 목소리. 감각이여 다시 한번. 과거를 꿈꾸는 미래. 들어오는 문은 있어도 나가는 문이 없는 사건. 미로가 되고 미스터리가 되는 그리움과 날카로움.

그 장면을 영화에서 본 적이 있다. 〈브로크백 마운틴〉의 잭과 애니스. 둘은 오랜만에 재회한다. 평범하게 인사하려다 결국 포옹하고 만다. 격렬하고 혼란스러운 끌어당김과 안김, 붙들림과 몸부림. 감격과 열기. 따라 들어오는 두려움과 수치심. 둘은 잠시 붙어 있다가, 시선을 의식해 한 걸음 두 걸음 물러난다. 하지만 둘이 만든 그 압력은 그들의 삶을 이미 바꿔놓았다. 서로가 없어도 서로 때문에 변해버린 각자. 마지막 만남에서 둘은 다시 포옹한다. 분노와 체념, 후회와 슬픔이 뒤섞인 슬픈 포옹. 그 후 잭은 죽고, 애니스는 남는다. 잭은 애니스의 셔츠에 자신의 셔츠를 포개어 벽에 걸어두었다. 포개진 셔츠는 떨어지지 않는 포옹을 꿈꾸고 있다. 몸이 없고 이름이 없고 시선이 없고 현재가 없을 때 가능해지는 어떤 영원.

유령

유령은 없다. 과학적으로, 의학적으로, 논리적으로도 그렇다. 증명할 수도, 증명되지도 않는다. 진지하게 고집을 부린다면 한심하다는 듯한 표정의 전문가에게서 차분한 반박을 들어야 할 것이다. 하지만 어떤 사람에게는 유령이 있다. 유령과 함께 지내는 사람도 있다. '있다고? 있어야 하는 게 아니고?' 이런 질문에 고집스럽게 입을 다무는 사람이 있다. 맞는 말, 옳은 말에 아이처럼 노인처럼 고개를 젓다가 화내며 소리치는 사람이 있다. '유령이 없다면 내가 보는 건 뭐지? 내게 들리는 건? 이 느낌은? 분명하게 솟구치는 내 감정은?' 현자는 미소를 띠며 다정하게 답한다. '보이지? 들리지? 진짜로 느껴지지? 맞아. 하지만 그건 환각이야. 마음이 만들어낸 가짜. 감정이 만들어낸 허상.'

유령이 없다는 것은 유령이 있다고 믿는 그 사람도 안다. 그게 어려운 것이다. 없어야 하는데 있으니까. 그러니까 제발…… 없다고 그만 좀 말해. 있을 리 없다는 그 사실을 스스로도 잘 알고 있으니까. 과거는 지나갔지. 현재가 중요해. 현재를 잘 가꾸어야 좋은 미래도 온다는 것도 알아. 안다고. 그걸 모를까? 알면서도 안 되니까 어려운 마음으로 사는 사람이 있는 거야. 앞으로 걸어도 뒤를 보는 사람이 있고, 여기에 있어도 저기를 보는 사람이 있지. 눈앞에 사람보다 등 뒤의 사람을, 오늘의 풍경보다 지나온 풍경을, 지켜야 하는 일상보다 지키지 못한 일상의 잔해를 뒤지는 사람 본 적 없어? 그 사람이 네가 될 리 없다고 믿고 있어? 진짜로?

홀로 있지만 홀로 있지 못하는 사람이 있다. 유령과 함께 지내다 유령처럼 희미해지는, 마침내 투명해지는 사람이 있다. 더러운 유리처럼, 아무것도 반사하지 못하는 쓸모없는 거울처럼, 허무하고 망망한 사람들이 있다. 그러니까 맞는 말만 하는 사람들아. 제발 조금만 말을 참아줘라. 모르는 게 아니니까. 무중력 상태의 인물. 핏기 없는 표정. 하얗다 못해 투명하기까지 한 존재감 없는 존재. 증기 같은, 공기 같은, 속삭임과 혼잣말 속에 나타났다가 사라지는, 쿵! 소리와 함께 뒤돌아보면 사라지고 없는, 있지만 속은 비어 있는, 어둠 속에 선 더 어두운 나무 같은, 그러니까 홀로그램 같다고 알려진 무수한 유령들. 이야기와 이미지의 도움으로 오래오래 같은 모습으로 존재하는 초상들. 그러나 내 유령은 그것과 같지 않다.

유령은 있다. 나는 믿는다. 글자가 되어 숨어 있다. 책장 사이에 서 있고, 일기장에 누워 있고, 누군가에게 보낸 편지에 박혀 있다. 그리움의 얼굴을 하고 즐거운 리듬에 맞춰 진동도 없이 춤추는 유령들아. 그 무구한 모습에 웃다가 어느새 우는 내가 있단다. 슬픔과 기쁨 사이를 오고 가는 날카로운 바늘 같은 기억. 왜 생각은 그만둘 수 없나. 기억은 왜 소멸되지 않나. 존재한다면 부술 텐데. 버릴 텐데. 태워버릴 텐데. 내 안에 사람이 살고 있다. 내 안에 끝나버린 이야기가 상영되고 있다. 사물에 스며 있고 피부에 묻어 있는 지나간 것들. 사라졌다고 믿고 싶은 것들. 스위치를 누르면 밝아지는 등처럼 느닷없이 켜져 별 수 없이 목격하게 되는 것들. 접혀 있다가 펴지는 종이 인형처럼. 투명한데 껴안고 싶은 허깨비처럼. 그것이 존재하지 않는 거라고 믿으려면 온 힘을 다해야 할 것이다.

유령이 무섭다고? 아니. 그 반대야. 나타나지 않아 무서워. 점점 희미해져서 무서워. 희미해지기만 할 뿐 끝내 사라지지 않아 무서워. 사라졌는데 사라지지 않았다는 믿음은 절대로 흔들리지 않아 더 무서워. 얼마나 그리우면 망상으로 상상으로 만들어내는 걸까. 밤을 꿈으로. 생각을 헛생각으로. 맞은편 그 사람의 얼굴 위로 덮여지는 한 조각의 그 얼굴. 어떤 소리를 듣고 뒤돌아보는 사람이 있지. 공포가 스며 있다면 그건 뭔가 나타서가 아니라 나타나지 않아서야. 차라리 슬퍼지고 싶지. 이렇게 쓸쓸한 것은 너무 괴로우니까.

페르난두 페소아는 말했다.

"하지만 내 영혼은 덜 보이는 것과 함께한다."

그는 자기 바깥의 존재보다 자기 안쪽의 존재에 시선을 둔 작가였다. 남들은 망상과 몽상과 허상이라 치부할 수 있는 것들에게 이름과 삶을 부여하고 실제로 그 사람이 되어 생각하고 말하고 글을 썼다. 그것이 실존하는 사람이 아니라는 것을 믿으려면 특별한 노력을 기울여야 할 정도로 그들과 함께, 아니. 그들이 되어 살았다. 그는 유령과 함께 지냈고 유령이 되어 지냈다. 왜 그랬을까? 그것들은 나에게만큼은 진짜였으니까. 나에게만큼은 그 어떤 누구보다, 그 무엇보다, 생생했으니까.

덜 보이는 것. 그래서 희미한 것. 아예 보이지 않는 것. 여기에 없는 것. 여기가 아닌 곳. 죽은 자. 잃어버린 자. 헤어진 자. 볼 수 없는 자. 보면 안 되는 자. 이름으로만 남은 자. 이름조차 부를 수 없는 자. 때로는 유년기. 때로는 은밀한 상상기. 내 안에만 살고 있는 진짜 나의 이야기. 그 안을 채우는 인물과 풍경. 그 비밀스러운 책 한 권. 당신에겐 없나? 정말? 허허.

산책

"취미가 뭐야?" 혹은 "좋아하는 게 있어?"라고 물어볼 때 쉽게 답하지 못하는 사람이 있다. 채근하면 겨우 "산책"이라고 싱겁게 대답하는 사람을 안다. 그런 이들을 만나면 한 번 더 묻고 싶다. 왜 산책을 좋아하냐고. 하지만 참는다. 뻔한 답이 예상되고 이유가 있더라도 말해주지 않으리라는 것을 알기 때문이다. 그렇다면 산책이란 무엇일까? 뜻을 사전에게 물어보면 "휴식을 취하거나 건강을 위해서 천천히 걷는 일"이라 알려준다. 그러니까 우문이다. 산책은 산책이지. 사과는 사과인 것처럼. 복잡하지도 않고 어렵지도 않은 단어의 의미를 왜 질문씩이나 하는지. 그런데 나는 산책하는 사람을 보면 궁금해진다. 산책하는 스스로의 마음에 의문을 품는다. 왜 걷고 있지?

나도 산책을 즐긴다. 바깥에 나가 천천히 걷는 일이 좋다. 사전적 의미처럼 휴식을 취하기 위함은 아니다. 건강을 위해서는 더더욱 아니고. 산책하는 자에게 궁금한 건, 나조차도 나 자신에게 궁금한 건 이유다. 왜 나는 갈 곳도 없는데 걷는 걸까. 왜 일어서야 하는 걸까. 움직여야 하는 걸까. 걷지 않을 수는 없는 걸까. 이유는 있을 것이다. 그건 비밀이 아니다. 하지만 잘 모르겠다. 왜인지 그건 감춰져 있다. 나도 모르는 내 마음. 그곳을 향해 걷는다. 가만히 있을 수 없는, 집에 있기 싫은, 방에 평안히 머물 수 없는, 그 마음이란 도대체 뭘까. 생각이 부풀어 안쪽을 채울 때, 바닥에 커다란 구멍이 뚫린 듯 힘이 줄줄 빠져나갈 때, 무엇을 하든 무엇을 하지 않든 다 못 하겠을 때, 이 상황과 상태를 견딜 수 없을 때, 어떤 이는 방에 들어가 잠을 청하지만 어떤 이는 신발을 신고 집을 나선다. "번거롭다. 정말" 중얼거리면서.

가만히 있으면 자라나는 초조가 있다. 심장이 뛸 때 함께 뛰는 불안이 있다. 내가 나에게 갇힌 것 같은, 내가 나를 가둔 것 같은, 막막하고 답답한 기분. 실체도 없으면서 나를 장악하는 그 무엇. 지긋지긋하고 진절머리 나는 그 무엇. 벗어나야 하는데, 해결해야 하는데, 피해야 하는데, 방법을 모르겠어서 더 막막하고 더 답답한 그 무엇. 그런데 이상하지. 움직이면 조금은 나아진다. 걸음을 옮기고 풍경을 바꾸면, 정체된 것이 풀린다. 딱딱한 것이 부드러워지고 마음 벽에 작은 창문이 생기는 것 같다. 트랙을 도는 것, 헛된 일이다. 한 바퀴든 세 바퀴든 어차피 제자리에 도착하게 되니까. 헛도는 나사처럼 그야말로 덧없는 일이다. 하지만 도는 동안 변하는 것이 있다. 열이 오르고 근육이 부풀고 관절이 뻐근해지며 땀이 맺힌다. 숨을 뱉으면 새 숨이 들어온다. 한 호흡에 한 번씩 신선해지는 몸. 기계적으로 발을 움직일 뿐이지만 반복적인 리듬이 이전과 이후 사이에 미세한 차이를 만들어낸다. 목적이 없고 목적지도 없지만 멈추지 않는다는 사실 하나가 기이하게 위안이 된다. 맡길 사람이 없어 어쩔 수 없이 들고 있는 이 짐이 점점 가벼워진다. 진짜 가벼워졌을 수도 있고, 내가 힘이 세졌을 수도 있고, 그냥 착각일 수도 있다. 하지만 분명한 건 해결되지 않고 거기에서 해방되지도 않았지만 걷다보면 괜찮아질 때가 있다는 사실.

영화 〈패터슨〉의 주인공 '패터슨'. 그는 버스 운전기사이자 시인이다. 정해진 시간에 정해진 노선을 운행하며 산다. 출근할 때 걷고 퇴근할 때도 걷는다. 매일 반복되는 일상이다. 같은 루틴으로 어제와 오늘, 어쩌면 미래까지도 비슷하게 산다. 지루하고 뻔한 날들이다. 심심하고 한심한 아침과 저녁이다. 하지만 반복을 추구하는 이들은 그것을 다르게 감각한다. 반복 속에서 미세한 변화를 크게 관찰하고 거기에서 변주를 경험한다. 늘 보던 담벼락에 새로운 금이 생겼고, 늘 보던 고양이는 보이지 않는다. 왜 그럴까. 어디로 갔을까. 앞으로 어떻게 될까. 붐비는 생각에 모든 것이 뒤엉키는 것 같지만 간혹 튀어나온 실마리를 찾게 된다. 아무 일도 일어나지 않지만, 그 '아무 일 없음' 속에서 세상이 천천히 움직이고 있다는 사실이 그에게는 위로처럼 느껴진다. 패터슨은 목적 없이 이동한다. 어딘가를 향해 가는 것이 아니다. 어디와 어디 사이에서 끊임없이 움직이며 동시에 계속 거기에 머무른다. 그 자체가 목적이자 이유인 것이다. 걷기를 위한 걷기다. 보기를 위한 보기다. 지루함을 이겨내는 반복의 탐구. 어쩌면 산책은 그 탐구 안에서 의미를 찾는 독서 같은 것.

소설집 《선릉 산책》을 출간할 무렵 '산책'이라는 단어를 많이 생각했고 실제로 산책도 많이 했다. '산책'은 좋은 단어다. 그 앞에 무엇을 붙여도 예쁘고 아름답다. 동네 산책. 역사 산책. 강아지

산책. 하지만 산책자의 마음도 그럴까? 산책하는 풍경은 아름답지만 걸어야 하는 마음과 걸을 수밖에 없는 감정에 아름다움을 말할 수 있을까? 모르겠다. 그 마음. 그 감정. 생각하고 상상하는 것만으로도 언제나 먹먹해졌다. 문장으로 더듬더듬 헤아려보는 어둠과 연기 같은 장면들은 그 자체로 소설적이었다. 평범한 사람이 감추고 있는 비밀. 일상에 가려진 사건. 웃음과 무표정 너머 울음과 눈물. 어둠을 응시하면 산과 별을 볼 수 있고 비극 속에 희극과 유머가 있듯 산책하는 자가 한 발 한 발 걸어 당도하고 싶은 곳은 다른 곳이 아닌 내 방과 내 일상이 있는 삶이었다. 더 나은 것. 더 밝은 것. 그 속에서 더 나아지는 나. 산책하는 자는 포기하지 않는다. 산책하는 마음은 돌과 철이 아닌 물과 바람 같은 것. 보이지 않아 불안하지만 어쩌면 그래서 다행스러운 것. 변덕의 힘으로 오늘은 가고 내일은 온다. 이야기엔 결말이 있어도 삶에는 결말이 없구나. 포기일 수 있고 깨달음일 수 있는 미약한 흔적과 궤적. 열린 결말의 다른 이름은 계속 이어지는 삶일 것이다. 반복을 지겨워하지 않는 반복일 것이다.

더듬다

잘 보이지 않는 것을 손을 이용해서 이리저리 만져보며 찾는 것. 어렴풋한 생각이나 기억을 마음으로 짐작하여 헤아리는 것. '더듬다'의 사전적 정의다. 까만 어둠 속에서 무엇인가를 찾기 위해 허둥대는 손이 있다. 무엇이 만져지는 것도, 무엇이 만져지지 않는 것도, 더듬더듬 미궁의 상태가 오랫동안 이어지는 것도, 불안하다. 엉킨 생각의 실마리를 풀기 위해 둔한 손끝을 이용하는 애씀. 납작하게 달라붙어 형체가 없는 얼굴과 형상의 윤곽을 찾기 위해 짐작하고 헤아리는 지체와 정체. 코 없고 눈 없이 입술로만 대상을 파악하는 심해어 같은 손가락들. 당장 불을 켜고 싶은 충동. 답답한 상태를 벗어나 눈꺼풀을 열고 싶은 열망. 짐작하는 건 지쳤어. 예상하고 상상하는 건 너무 힘들어. 그러나 스위치가 없는 방이 있지. 끝내 눈이 생성되지 않는 얼굴도 있는 것처럼. 최선의 상태란 없어. 이게 최선일 때는.

밤이 오면, 어둠이 몸과 마음을 뒤덮으면, 어린 나는 손을 움직였다. 어디든 더듬었다. 쥘 것이 필요했다. 매달릴 것이 필요했다. 벽이 필요했다. 나보다 큰 무엇이 필요했다. 움켜쥐고만 있으면, 기대고만 있으면, 몸과 마음이 저 까만 구멍으로 빨려들지 않을 거야. 잠든 내가 몸을 일으켜 문을 열고 밖으로 나가지 않을 거야. 죽은 사람을 찾겠다고 저 숲을 향해, 지나간 날들을 향해, 걸어가지 않을 거야. 우물처럼 캄캄하고 축축한 저 밤을 향해 이름을 부르지 않을 거야. 되돌아오는 메아리를 대답이라 착각하지 않을 거야. 이불을 쥐고 엄마의 머리카락을 움켜쥐었다. 엄마는 내가 성가시면서도 머리카락을 쥐어야 잠이 들어 어쩔 수 없었다고 했다. 지금도 손가락에 무엇인가 잡혀야, 감겨야, 닿아야, 편해진다. 닿을 땐 충만하지만 떼어지면 바로 소멸되는 것. 결코 기억되지 않는 것. 닿고 있어야 온전함을 느끼는 마음. 떨어지고 싶지 않아. 갈리어 멀어지고 싶지 않아. 하지만 이상하지. 때로는 스스로 손을 거둔다. 금방 그리울 것을 알면서도. 다시 불안할 것을 알면서도. 다시금 손 뻗게 될 걸 알면서도.

어떤 사람의 사전엔 한 문장이 더 추가되어 있

다. ‘말을 하거나 글을 읽을 때 순조롭게 하지 못하고 자꾸 막히다.’ 말은 몸이 없는데 왜 걸리는 걸까. 입안은 허공인데 왜 막아서는 걸까. ‘말은 어떻게 하는 건가요?’라는 질문은 우문. 어떻게라니. 말은 그냥 하는 거지. 그렇지 말은 그냥 나오는 것이지. 그런데 왜 어떤 사람은 더듬게 되는 걸까. ‘막혀 있어요. 가로막고 있어요. 촘촘한 망이 있는 것 같고 암초가 숨어 있는 것 같아요.’ 혀끝에 갈고리가 있는 걸까. 달라붙어 떨어지지 않는 말들. 남들에게 말은 바람이고 음악이고 유령인데 어떤 이에게는 물질이고 생물이고 중력에 이끌려 낙하하는 모든 것이다. 바닥에 질질 끌리는 무거운 발걸음. 다친 동물처럼 절룩이는 불안한 뒷모습.

‘말 더듬을 흘(吃)’ 자의 본래 뜻은 ‘먹다’다. 그것이 ‘먹다가 걸려 막히는 것’으로, 또 그것이 ‘말이 걸려 막히는 것’으로 바뀌었다. 그렇다. 목구멍을 막는 말이 있다. 입안을 채우는 말이 있다. 아니, 입과 목을 먹는 말이 있다.

어둠 속에서 무엇을 찾는 것보다, 말이 막혀 더듬거리는 것보다, 더 답답한 것은 기억을 더듬을 때 아닐까? 영화 〈메멘토〉의 레너드. 그는 기억을 잃었지만 복수심은 잊지 않았다. 그는 자기 믿음을 믿을 근거를 찾는다. 기억을 잃었지만 몸부림치며 기억을 옮겨놓는다. 메모하고 사진을 찍고 피부에 문신을 새긴다. 기억보다 더 정확한 사실들. 그러나 스스로 만든 사실은 진짜 사실이 될 수 없다. 그것들을 더듬을수록, 그렇게 스스로의 증거에 집착할수록 진실과 멀어진다. 사실에 자신이 없는 자는 의미에 집착하게 된다. 기억의 불완전함을 의미와 신념으로 채우는 불완전한 인간. 그러나 그는 자기가 불완전하다는 것을 모른다. 정말 모를까? 아니. 알지만 모르기로 한 것이다. 진실은 객관적 사실이 아니라 주관이 만들어낸 신앙의 산물일 수 있다. 사실을 부정하는 헛된 노력으로 구축한 위험한 진실. 자기가 누군인지도 모른 채 무엇을 해야 하는지만 기억하는 이상한 존재로 변모하는 것이다. 기억을 더듬을수록, 확신을 원할수록, 오해에 빠지고 착각에 빠려드는 정신. 파편을 모으면 전체를 알 수 있으리라는 믿음. 조각을 모으면 원래 그림을 연상할 수 있으리라는 믿음. 레너드는 제목처럼 스스로에게 중얼거린다. "기억하라. 기억하라." 스스로에게 잊지 말라는 명령을 내리는 존재가 나라면 그 명령을 따르는 존재는 누구일까.

겨울

운명을 믿지 않는다. 논리적으로도 이성적으로도 말이 되지 않는다. 인간의 노력과 의지로는 이길 수 없고 계산되지도 않는 절대적인 힘과 결과가 있다고는 믿지만 그것이 프로그램되어 있다거나 나면서부터 결정되었다고는 믿을 수 없다. 하지만 운명에 관해 말하는 스토리텔링은 좋아한다. 별자리 신화나 사주팔자 이야기는 그 자체로 문학이고 인간을 깊숙하게 이해한 보고서기 때문이다. 술자리에서 재미 삼아 본 사주의 문장이 오랫동안 마음에 남아 있다. 미래에 어떻게 될 것이다. 무엇을 가까이하고 무엇을 멀리해라. 이런 이야기보다 나라는 존재를 이루고 있는 것을 조합한 다음에 표현한 문장이 근사했다. 예언자는 이렇게 말했다.

"나무와 물과 금(金)의 비중이 많고 화(火)는 하나도 없네. 심지어 겨울에 태어났기 때문에 더 추울 거야. 차가운 수기 과다로 몸과 마음이 냉해지기 싫겠어. 한마디로 말하면 겨울 산이지. 그런데 슬픈 건 겨울 산은 화가 없지만 화를 필요로 하지도 않아. 주변 사람들은 너에게 화를 계속 주려고 할거야. 하지만 넌 계속 거절하겠지. 겨울을 좋아하는 겨울 산이니까."

그 이야기는 내가 나를 이해하고 핵심으로 도달하는 상징으로 작용했다. 이성으로는 부정하면서도 마음으로는 그 서사에 기대고 싶은 욕망이 있었다. 왜 나는 겨울을 좋아하는지. 왜 추위와 눈에 대한 환상이 그렇게 깊은지. 보석보다 얼음이 예쁘고 한때는 얼어 죽는 것까지도 흠모했는지. 설경에 걸음을 멈추고 눈으로 가득한 이미지 앞에서는 왜 영원을 염원하고 속절없이 하염없어지는지도.

내 안의 열기가 숨을 통해 밖으로 새어나간다. 하얗게 생성되는 작은 눈구름. 연기가 다하면 더는 기능하지 않는 담배처럼 이 숨을 다 뱉어내면 나도 하얗게 멈춰 서는 무엇이 되고 싶었다. 색이 사라지고, 부피가 사라지고, 입체까지 사라지고, 또렷한 직선과 곡선으로만 존재하는 얇은 크로키 같은 것이 되고 싶었다. 두께도 싫고 온기도 싫고 담고 다녀야 하는 딱딱한 뼈도 무거운 살도 뜨거운 피도 번거롭기만 했다. 끔찍한 동물성. 지긋지긋한 생물성. 죽은 나무처럼 돌멩이처럼 얼음처럼 맑고 환하고 단단하게 그저 존재하고 싶었다. 지구 아닌 행성은 한여름이거나 한겨울일 것이다. 불물이 흐르거나 온통 얼음으로 차고 건조할 것이다. 생물이 불가능한 세계는 그런 것이다.

한여름은 모르겠고 한겨울을 동경해왔다. 얼음 속에 박혀 어쩌면 영원한 모습으로 남겨지는 것을 아름다움으로 느껴왔다. 숨이 없는 상태. 열이 없는 상태. 상승도 없고 때문에 추락도 없는 일정하고 단순한 선분이 되고 싶었다. 녹아서 물이 맺히고 움직이며 더운 숨을 뱉는 모든 생생함이 부재한 깨끗한 정적. 쉼 없이 뛰는 심장도. 열정으로 가득한 열심도 다 싫었다. 안다. 철없는 낭만이겠지. 너무 추우면 못 견디고 내부로 숨어들 것을 알면서도 눈동자는 대책 없는 감상으로 늘 서리가 끼어 있다. 겨울이 좋다고 말할 수 있는 것은 겨울이 영원하지 않을 것을 알기 때문이다. 영하는 다시 영도로 회복되고 영도는 다시 영상으로 바뀔 것을 알기에 잠깐의 밤 같은 겨울이, 잠깐의 꿈 같은 겨울이, 잠깐의 잠 같은 겨울이 좋은 것이다. 겨울 산에 풀이 돋으면 마음이 환해지는 것을 막을 수 없으면서 일종의 허세로, 문학적인 비유로, 겨울을 좋아하는 것이다. 그러나 이렇게만 말하면 조금 서운하다. 이랬다가 저랬다가 해서 나도 내 마음을 모르겠지만 겨울을 가능케 하는 단어들과 개념들은 내게 있어 언어의 이상향 같고 표현의 궁극 같다. 죽음에의 충동 같은 것은 아니다. 존재의 단순함을 향한 열망에 가깝지.

병사가 있다. 그는 2월의 추운 겨울 얼어붙은 러시아의 숲속에 숨어 있다. 눈으로 만들어진 초소와 참호 속에 숨어 숨을 죽이고 있다. 금방이라도 적을 만날 수 있는 절체절명의 위기 상황. 눈 쌓인 숲속에서 온몸의 감각과 신경은 보이지 않고 들리지 않는 저 너머의 허공 어딘가를 응시하고 있다. 귀가 떨어져나갈 정도의 추위지만 소리를 들어야 하기에 머리 싸개를 할 수 없다. 작은 소리도 크게 들리는 겨울의 고요. 자신의 숨소리 침 넘어가는 소리 심장 소리까지 쿵쿵 들린다. 순간 병사의 귀에 누군가의 한숨 소리가 들린다. 공포에 질린 그는 두려움을 이기기 위해 캐럴을 부른다. "고요한 밤 거룩한 밤. 어둠에 묻힌 밤." 그때 숲에서 큰 가지 하나가 부러진다. 병사는 노래를 멈추고 총을 집어 든다. 눈앞에 나타난 사람은 상사였다. 병사는 순간 눈앞이 캄캄해졌다. '초소에서 노래를 불렀으니 나는 이제 총살당하겠지.' 상사는 병사에게 다가와서 이렇게 말한다. "정말 저주받은 숲이야. 지금 2월인데 캐럴이 들린다네. 이게 다 무서운 정적 때문이야." 상사 역시 눈 덮인 숲속에서 공포에 질려 있었던 것이다. 상사는 말한다. "내 손을 잡아주지 않겠나."

볼프강 보르헤르트의 짧은 소설 〈적설〉은 '겨울' 하면 가장 먼저 떠오르는 작품이다. 이 작품에는 겨울의 아름다움과 공포, 그 속에서 한없이 초라하고 연약한 인간이 대비되어 있다. 그러나 그 커다란 풍경과 압도적 공포를 해프닝으로 만드는 이야기의 온기가 있다. 두려움조차 아름다움으로 인식하는 무책임한 독자의 눈동자. 영상의 동물이 영하의 세계에서 죽지도 않고 버티는 것은 언제나 멋지고 눈물겨운 이야기다. 공포에 가까운 정적. 멸망에 근접한 아름다움. 하지만 끝까지 뜨겁고 부드럽게 살아남아 겨울을 묘사하고 노래하며 살아가는 인간의 열기와 열심. 겨울의 본질은 거기에 있다.

임 선 우

쿠머스펙
토머슨
하지
본느
인간만두

내 마음과 타인의 마음을 들여다보며 '본느'처럼 살고 싶은 소설가. 더는 쓸모없지만 환경의 일부가 된 초예술 '토머슨'을 찾아다녔던 토머스니언(설마 내가 토머슨일까?). 빵을 먹으면서 슬픔을 달래다가 생긴 근심 지방인 '쿠머스펙'의 힘으로 살았던 날들도 있다. 오랫동안 좋아했고 앞으로도 좋아할 '인간만두' 상태를 영원히 꿈꾸며, 미래의 반려견에게 낮이 가장 길고 밤이 가장 짧은 '하지'라는 이름을 붙여주고 싶다. 낮과 밤이 공존하는 것이 삶이라면 최대한 밝게 살아가기를!

쿠머스펙

친구가 티베트에 다녀와서 판다 인형을 선물해
주었다. 유난히 통통한 몸을 가진 판다가 나는 처
음 본 순간부터 마음에 들었다. 그날 밤 집에 돌
아와서 판다에게 '쿠머스펙'이라는 이름을 지어
주었다. 판다의 통통한 몸이 근심에서 비롯되었
다고 생각하면, 판다를 더 사랑할 수 있을 것만
같아서.

'쿠머스펙(Kummerspeck)'은 독일어로, 근심을
뜻하는 '쿠머(Kummer)'와 지방을 뜻하는 '스펙
(Speck)'의 합성어다. 직역하자면 '근심 지방'. 슬
퍼서 먹은 음식으로 인해 찐 살을 의미한다. 나는
인간이 스트레스를 받으면 두 부류로 나뉜다고
생각한다. 더 먹는 자와 덜 먹는 자. 나는 두말할
것 없이 전자에 속한다.

인간이 섭식 행위로 슬픔이나 분노를 잠재우는
경우는 흔하다. 〈심야식당〉이 인기를 끈 것은 식
사가 단순히 먹는 행위를 넘어서서, 그리운 추억

을 상기시키거나 마음을 위로해준다는 사실을 잘 드러냈기 때문이 아닐까. 나 역시 음식에서 위안을 받으며 한 시기를 건너온 기억이 있다. 아픈 가족을 간병하느라 일상이 멈췄을 때, 애인과는 헤어지고 친한 친구마저 해외로 떠나는 바람에 마음 둘 곳이 없었다. 그 시기에 내가 무엇을 했냐면…… 빵을 아주 많이 먹었다.

그때 마침 집 근처에 베이커리 카페 하나가 새로 생겼다. 이전까지 우리 동네에는 혼자서 시간을 보낼 만한 좋은 카페가 없었다. 분위기 좋은 카페들은 노트북 사용이 제한되었고, 노트북 사용이 가능한 카페들은 테이블 간격이 좁은데다가 조명이 지나치게 밝았다. 그런데 새로 생긴 카페는 공간이 널찍한데다가 조도가 적당했다. 장시간 앉아서 작업하거나 식사하기에도 좋은 공간이었다.

간병으로 하루를 바쁘게 보내다가 한두 시간 여유가 생기면 나는 간단하게 짐을 챙겨 카페로 갔다. 카페 안으로 들어설 때면 헤밍웨이의 〈깨끗하고 밝은 곳〉에 등장하는 나이 든 웨이터가 떠올랐고, 그가 이 공간을 분명 흡족해하리라고 생각하면 기분이 좋아졌다.˚ 그곳에서 나는 짧게나마

작업하고 책도 읽었지만, 사실 가장 열심히 한 것
은 빵을 먹는 일이었다.

나는 카페에 갈 때마다 빵을 몇 트레이씩 먹었
다. 빵 한 개 두 개가 아니라, 한 접시 두 접시가
아니라, 말 그대로 트레이 가득 빵을 담았다. 딸기
와 생크림으로 속을 가득 채운 크루아상, 바삭한
연유 파이, 견과류가 듬뿍 올라간 엘리게이터 파
이, 밤이 통째로 들어간 페이스트리, 레몬 머랭 타
르트……. 한 트레이를 깨끗이 비우면 그다음 트
레이를 다시 한가득 채웠고, 나와 비슷한 나이의
카페 주인은 언제나 빵 한두 개를 서비스로 주고
는 했다.

첫 번째 트레이를 채우는 빵들은 언제나 완벽
했다. 크루아상에서 고소한 버터 향을 맡을 때, 달
콤한 연유 파이가 입안에서 결대로 부서질 때, 갓
구운 페이스트리 안에서 따뜻한 통 밤이 부드럽
게 씹힐 때, 나는 잠시 다른 세계로 건너오는 듯한
충만한 기쁨을 느꼈다. 하루의 고단함이 생크림

• "필요한 것은 밝은 불빛과 어떤 종류의 깨끗함과 질서야. 허무
  속에 살면서 전혀 그것을 알아채지 못하는 사람들도 있지만 그
  는 그것을 잘 알고 있지." 어니스트 헤밍웨이, 《깨끗하고 밝은
  곳》(민음사, 2016), 15쪽.

처럼 녹아내리는 듯했고, 우울하거나 불안한 마음 역시 가라앉았다. 그러나 두 번째 트레이를 채울 때부터는 상황이 조금 달라졌다. 진열장 속 빵들은 여전히 바라보기만 해도 만족스러울 만큼 아름답고 먹음직스러웠으나, 나는 이미 배가 부른 상태였다. 그럼에도 나는 무언가에 쫓기듯이 빵을 담았다. 무슨 빵을 먹어도 설탕의 단맛과 밀가루의 퍽퍽함만이 느껴질 때까지, 멈출 수가 없었다.

그해 나는 인생에서 최고 몸무게를 기록했다. 체력이 떨어졌고, 입던 옷들이 더는 맞지 않았다. 돌이켜보면 그때 나는 분명 삶에 쫓기고 있었다. 미래가 불안정했고, 아픈 가족이 언제 회복할 수 있을지는 막연했으며, 작업 시간은 늘 부족했다. 더 많은 빵을 트레이에 옮겨 담고, 더 많이 먹음으로써 무의식중에 무언가를 보상받고 싶었던 것만 같다.

그런데 대체 무엇을? 지금에 와서야 나는 곰곰 생각해본다. 높은 확률로 그것은 잃어버렸다고 생각한 기쁨, 편안함, 일상의 안정감이었을 것이다. 잠시나마 나에게 안정감을 주는, 일상과 분리된 공간에 들어서서 내가 좋아하는 빵을 먹는 것.

그 시기에는 그것만이 나에게 유일한 기쁨이었으니까.

누군가는 이런 식습관을 심각하게 문제 삼을 수도 있을 것이다. 나 역시 빵을 저렇게나 먹은 것은 분명 문제가 있었다……고 생각한다. 그러나 동시에 나는 그때의 나를 이해하기로 했다. 몇 년 전의 나는 지금보다 미성숙했으며, 슬픔을 건강하게 해소하는 방법을 찾기에는 일상에 지쳐 무기력한 상태였다. 그 무렵 나에게 가장 중요했던 것은 빵을 먹으면서 시간이 흘러갔다는 사실 그 자체였다. 하루 중 반짝거리는 기쁨의 한 조각을 얻었기에 그 밖의 긴긴 시간을 버틸 수 있었다.

비록 어려운 시기가 지난 뒤 남은 쿠머스펙을 처리하느라 고생하긴 했지만, 나는 여전히 빵을 보면 기쁘고 좋다. 전에는 단순하게 좋아하는 마음이었다면, 이제는 어려운 시기를 함께한 동료를 보는 것처럼 좋다. 쿠머스펙의 힘으로 앞으로 나아갔던 기억 때문일까, 주변에 슬픈 친구가 보이면 나는 우선 밥부터 든든히 먹인다. 그렇게 슬픔을 지방으로 전환시킨 다음, 쿠머스펙을 연료 삼아 함께 오래 걷는 것이다. 슬프니? 그럼 일단 이 빵을 먹어봐. 그러면 쿠머스펙 에너지가 생길

거야. 우리 그것으로 긴긴 산책을 나가보자. 이 시
기가 훌쩍 지나갈 수 있도록…….

토머슨

‘토머슨’은 아카세가와 겐페이의 《초예술 토머슨》에 등장하는 야구 선수 게리 토머슨이다. 요미우리 자이언츠에서 고액의 연봉을 주고 데려온 용병 토머슨은 그러나 타석에서 붕붕 헛스윙만 이어가며 삼진을 쌓았다. 별명은 무려 선풍기…….

아카세가와 겐페이는 그러한 토머슨을 보며 “분명 제대로 된 몸체는 있었지만, 세상에 도움이 되는 기능이 없었다. 그것을 자이언츠에서는 돈까지 들여가면서 정성스럽게 보존하고 있었다. (…)진심으로 토머슨 선수는 살아 있는 초예술이라고밖에 해석할 수 없었다”라고 말했다. 지독한 아카세가와는 거기서 그치지 않고, “더 이상 쓸모가 없지만 건축물에, 또는 길바닥에 부착되어 그 환경의 일부로 보존된 구조물이나 그 흔적들은 그 자체로 예술을 초월하는 예술인 초예술”이라고 선언하며 그것들을 전부 토머슨이라고 명명하기에 이르렀다.

게리 토머슨에 대한 안타까움과는 별개로, 나는 초예술이라는 개념에 단숨에 매혹되었다. 책을 읽은 뒤로 도시 곳곳에 있는 토머슨 찾기에 열중했으며, 그렇게 찾아낸 토머슨들을(아무 곳으로도 이어지지 않는 '순수 계단', 열 수 없는 '무용 문', 홀로 막힌 벽에 붙어 있는 '차양' 등등) 주변 사람들과 즐겁게 공유했다. 작년 한 해 동안 주변 사람들에게 가장 많이 추천하거나 선물한 책 또한《초예술 토머슨》이었다.

그러나 토머슨 찾기에 푹 빠진 것은 나에게 전혀 뜻밖의 결과를 가져다주었다. 토머슨에 대해 오래 생각하고, 토머슨을 찾기 위해 길을 나서고, 그렇게 해서 찾아낸 토머슨에 감탄하고, 이러저러한 감정을 느끼는 사이 나는 '나 역시도 토머슨'이라는 결론에 도달하게 된 것이었다. 니체는 다음과 같이 말했다. "괴물과 싸우는 자는 그 과정에서 자신이 괴물이 되지 않도록 조심해야 한다. 네가 오랫동안 심연을 들여다볼 때, 심연 또한 너를 들여다본다." 토머슨이 되어버리기 전에 이 말을 명심했어야 했는데…….

왜 갑자기 그런 결론이 났느냐고? 갑작스러운

게 아니었다. 나는 장편소설 마감을 지키지 못했다는 압박감에 수년째 시달리는 중이었다. 마감하고 싶은 마음은 굴뚝같았으나, 글은 도무지 써지지 않았고 하루하루가 무용하게 흘러갔다. 작가가 되어서 장편소설 계약을 해놓고 글을 쓰지 못하다니. 그러면서도 매일 꼬박꼬박 책상 앞에 앉아 있기는 했다. 그 모습이 타석에 서서 헛스윙을 붕붕 날리던 게리 토머슨과 다를 바가 무엇이란 말인가……. 나는 굳이 토머슨을 찾아 길거리를 헤매고 다닐 필요가 없었다. 나 자신이 살아 있는 초예술이자 제2의 게리 토머슨이었으니까.

이쯤 되니 후회가 밀려왔다. 토머슨을 알기 이전의 나는 작업이 제대로 풀리지 않아 고민하고 자책하는 흔한 프리랜서 작가에 불과했다. 그러나 토머슨에 관해 몰입할수록, 토머슨의 본질을 파헤칠수록 그것은 나와 정확하게 맞닿아 있었다. 그 사실을 깨달았을 때 내가 느낀 치욕이란!

정작 내가 토머슨이 되고 나니, 아카세가와 겐페이가 얄밉게 느껴지기 시작했다. 가령 그가 토머슨을 관측하는 사람들, 일명 '토머스니언'들을 모은 행위라던가, 그렇게 찾아낸 토머슨들을 대중에게 공개하기 위해 책을 출간하고 전시까지

연 것이 일종의 조롱처럼 느껴졌다. 살아 있는 토머슨이 된 입장에서 말하건대, 토머슨은 이런 식으로 자신의 무용함이 조명받길 절대로 원하지 않을 것이다.

글쎄…… 말하고 나서 다시 곰곰이 생각해보니 사물들의 입장까지 내가 대변할 수는 없을 것 같다. 그러나 게리 토머슨 씨, 당신 또한 당신의 무용함이 초예술로 긍정되기보다는, 어떻게든 그 상태를 극복해서 다시 홈런을 치고 싶지 않았나요? 저의 이러한 생각마저 자본주의 사회의 거대한 이분법에(유용한 것 아니면 쓰레기) 속박된 편협한 사고인가요?

고백건대 내가 토머슨이라는 사실을 깨닫기 이전, 그러니까 나 역시 해맑은 토머스니언 중 하나이던 시절에는 토머슨을 통해 슬럼프를 겪는 이들에게 긍정적인 메시지를 주고 싶었다. 슬럼프가 찾아오면 좌절감에 휩싸이기보다는 '잠시 초예술적인 존재가 되었군……' 하고 조금 더 낙관적으로 그 시기를 넘겨보자는 식으로. 그러나 정작 내 무용함이 한계치에 이르자, 전혀 그런 농담이 나오지 않았다!

이러한 초조함은 어디서 기인하는 것일까? 아

카세가와는 토머슨이 언제든 철거될 위험에 처해 있으므로, 토머슨을 조사할 때는 동네 주민에게 함부로 묻지 말 것을 당부한다. 동네 주민이 의아함을 느끼고 더 나아가 그것이 무용하다는 사실을 깨닫게 되면, 토머슨이 철거될 확률이 높아지니까. 사물이야 본인의 철거에 무심하다 치더라도, 살아 있는 나로서는 가슴 아픈 일이 아닐 수가 없었다. 그러니 토머슨 상태로 받는 관심은 제거에 대한 공포를 동반할 수밖에.

그러니 여러분, 주변에 살아 있는 토머슨을 보신다면 부디 조용히 안타까워해주십시오. 그들이 제거되지 않도록 신중을 기하여 주십시오. 그러다보면 그들은 세상에 도움이 되는 쪽으로 돌아오거나 돌아오지 않을 것입니다…….

추신 이 글을 쓰다보니 게리 토머슨 선수가 요미우리 자이언츠에서 비난받은 이후의 행보가 궁금해졌다. 검색해보니 그는 1982년 일본에서 2년간의 실망스러운 모습을 끝으로 무릎 부상과 함께 은퇴했고, 이후의 삶에 대해서는 알려진 바가 없다고 한다.

하지

어릴 적부터 나의 오랜 소원은 개를 키우는 것이었다. 어렸을 때는 가족들의 반대로, 성인이 된 뒤로는 바빠진 탓에 소원을 이루지 못했지만, 언젠가 생활이 조금 더 안정되면 꼭 개를 입양하고 싶다.

미래에 나와 함께할 개를 상상하다보면 시간이 잘 간다. 그 개의 털은 무슨 색일까? 밥은 잘 먹을까? 성격은 어떨까? 털색이야 아무래도 상관없고, 밥은 왠지 잘 먹을 것 같은데, 성격은 나를 닮지 않았으면 좋겠다. 나의 개는 나보다 낙천적이고, 나보다 두려움이 없었으면. 그리고 개의 이름은 '하지'였으면 좋겠다. '여름 하(夏)'에 '이를 지(至)'.

이십사절기 중에서 낮이 가장 길고 밤이 가장 짧은 시기인 하지. 미래의 반려견에게 그 이름을 붙여줘야겠다고 결심한 것은 올해 초 〈유령 개 산책하기〉라는 단편을 쓰면서부터였다. 소설에는 유령 개 한 마리가 등장하는데, 나는 구상 단계에서부터 개의 이름이 하지였으면 좋겠다고 생각했다. 낮과 밤이 공존해야 하는 것이 삶이라면, 최대한 밝게 살았으면 해서.

나는 고통이 있어야 성장한다는 말을 그다지 좋아하지 않는다. 내가 삶에서 겪은 시련들은 아무래도 겪지 않았다면 더욱 좋았을 것들이었다. 그것들을 수습하거나 회복하는 과정에서 사람들이 성장이라고 부를 만한 무언가가 이루어졌을지도 모르겠지만, 돌이켜 생각해보아도 그 일들은 일어나지 않는 편이 더 나았다. 내가 좋아하는 《달과 6펜스》의 문장 또한 다음과 같다. "고통을 겪으면 인품이 고결해진다는 말은 사실이 아니다. 행복이 때로 사람을 고결하게 만드는 수는 있으나 고통은 대체로 사람을 좀스럽게 만들고 앙심을 품게 만들 뿐이다."•

이따금 학대받거나 유기당한 개들을 마주할 때가 있다. 잔뜩 경계하는 눈빛과 움츠러든 꼬리, 겁에 질려 떨리는 몸. 폭력과 증오가 한차례 휩쓸고 지나간 작은 몸들을 보다보면 슬퍼지다가 끝

• 서머싯 몸, 송무 옮김, 《달과 6펜스》(민음사, 2000), 90쪽.

내는 분노하게 된다. 무엇이 너희를 이토록 두렵게 만들었니? 누가 너희를 이토록 아프게 만들었어? 인간에 대한 믿음을 잃은 개들은 구석으로 가서 숨는다. 죽은 듯이 엎드려 누운 채 과거의 고통만을 되새긴다. 그럴 수만 있다면, 개들의 끔찍한 기억을 전부 지워주고 싶다. 고통을 극복하며 이루어지는 성장 따위는 없어도 좋으니, 당장 그 애들의 하루하루가 무탈했으면 좋겠다. 과거의 고통은 이미 어둠으로서 제 몫을 다했으니, 지금부터 흐르는 시간은 전부 환한 빛과도 같았으면 좋겠다.

내가 하지라는 단어를 좋아하게 된 또 다른 이유는 하지라는 단어 자체가 주는 힘이 있기 때문이다. 소설을 쓰는 도중 여러 이유로 불안해질 때마다 나는 '하지'라는 이름을 중얼거리고는 했다. 하지, 하지, 하지, 되뇌다보면 불안에서 비롯된 질문들에 대한 답이 되어주었으니까. 하지가 평안해질 수 있을까? 이토록 작고 연약한 영혼을 세상으로부터 보호할 수 있을까? 그럼, 하지는 하지. 다 하지. 다 할 수 있지. 그렇게 하지라는 이름에 하루하루 힘을 받아 가면서, 긍정하고 앞으로 나아가면서 소설을 완성할 수 있었던 것은 큰 행운

이었다.

미래의 반려견에게도 이런 마음을 담아 하지라는 이름을 선물해주고 싶다. 참고로 덧붙이자면 현재 나의 반려 식물 이름은 '나름'이다. 나름의 사전적 의미는 "각자가 가지고 있는 고유의 방식 또는 그 자체"로, 식물이 나름대로 잘 자랐으면 하는 마음에서 그렇게 지었다. 조만간 하지와 나름과 내가 한집에 있는 순간이 찾아오겠지? 이 땅에서 나름대로 살아가는 모든 생명에게, 삶이 부디 하지와도 같기를 바란다.

본느

'본느'는 내가 좋아하는 단어 중 하나다. 본느가 '본 대로 느낀 대로'의 줄임말이었다는 사실을 알았던 순간의 맑은 기쁨이란! 그러나 대부분의 사람들은 본느라는 단어를 처음 들어볼 것이다. 그도 그럴 것이 본느는 내 친구 이름이니까…….

단어 주인을 짧게 소개하자면, 본느를 생각할 때 가장 먼저 떠오르는 단어는 '자랑'이다. 어디든 자랑하고 싶을 만큼 다정하고 성실한 나의 친구. 회사 동료가 출근길에 카드를 잃어버려서 고생했다는 얘기를 들으면 다음 날 맥세이프 카드 지갑을 선물해주고, 다시 공부하고 싶어졌다고 스치듯이 꺼낸 내 말에 그날 밤 대학원 입시 자료를 정리해서 보내주는 사람.

언젠가 한번은 가족을 간병하느라 친구들 모임에 오랫동안 나가지 못했던 적이 있었다. 그 무렵 본느는 아무 예고 없이 우리 집으로 한라봉 한 상자와 함께 짧은 편지를 보내주었다. 상큼한 향을 맡으면 기분이 좋아질 거야. 한라봉 까먹는 동안에라도 쉬어가는 듯한 기분을 느꼈으면 해. 몇 년이 지난 지금도 나는 귤이나 한라봉 향을 맡을 때면 종종 본느를 떠올린다.

인생은 본느처럼 살아야 하는데, 하고 생각하지만 쉽지 않다. 본느처럼 살기 위해서는 회사에서 눈부신 성과를 내야 하고, 요리를 잘해야 하고, 독서 모임, 영화 모임, 운동을 꾸준히 나가면서 주변까지 잘 챙겨야 하니까. 도대체 어디서부터 따라가야 할지……. 결국 나는 본느처럼 사는 것을 포기하는 대신 본느의 이름을 따라서 살기로 결심했다.

소설을 쓸 때마다 본느의 이름을 떠올렸다. 가령 나에게 소설이 시작되는 순간은 다음과 같다. 어느 날 폐업한 가게 내부에서 죽어가던 식물들을 보고(본 대로) 떠나간 연인을 기다리는 사람의 마음을 떠올린다거나(느낀 대로), 식물을 접붙이는 영상을 보다가(본 대로) 인간 역시 타인과 완전히 결합하고자 하는 욕망이 있지 않나? 나 또한 그랬었는데(느낀 대로), 하고 생각하는 것이다. 그러니 누군가 나에게 소설을 어떻게 쓰느냐고 묻는다면 한 단어로 줄여서 대답할 수도 있겠다…….

눈으로 본 것은 곧잘 설명할 수 있지만, 마음으로 느낀 것을 전하는 일은 어려울 때가 많다. 실체 없는 마음은 왜곡되거나 무시당하기 쉬우니까. 그래서 소설을 쓸 때 내가 찾은 방법은 전하고자 하는 감정을(느낀 대로), 인상 깊게 본 것을(본 대로) 토대로 가시화하는 것이었다. 나는 인물의 마음을 눈에 보이게 하고 손으로 만져지게 하고 싶었다. 그렇게 해서 만져본 누군가의 슬픔은 끈적끈적한 송진 같고, 또 다른 누군가의 상실감은 차갑고 단단한 돌멩이 같겠지. 내가 타인의 슬픔을, 그 질감과 온도까지 함께 받아들일 수 있다면 어떤 변화가 일어날까. 타인의 감정을 마치 내 것처럼 온전히 받아들이는 기적 같은 일이 일어날 수도 있지 않을까.

어쩐지 거창하게 말한 것 같지만, 내가 삶과 소설에서 중요하게 여기는 것은 다음과 같다. 내 마음을 들여다보는 일. 더 나아가 타인의 마음을 들여다보는 일. 내 마음만 들여다보느라 타인의 마음을 들여다보지 못한다면 이기적인 사람이 될 것이고, 타인의 마음을 챙기느라 내 마음을 챙기지 못한다면 미련한 사람이 되겠지. 그리

고 둘 다 해내지 못한다면 삶에 온갖 풍파가 들이
닥칠 것이다. 둘 다 해낼 수 있는 성숙함을 갖추는
것이야말로 나의 궁극적인 목표. 그러고 보면 나
의 친구 본느는 이 또한 너끈히 해내면서 이름값
을 하고 있구나…….

　친구의 이름으로 이러저러한 생각을 이어가
고, 소설을 쓰는 과정까지 나아가는 것은 무엇보
다 재미가 있었다. 참고로 본느는 프랑스어로 '좋
다(bon)'는 의미도 있다고 한다. 한 마디로 '본느'
소설을 쓰기 위해서는 '본느' 써야 하는 것이다.

인간만두

'인간만두'라는 단어를 들어본 적 있는가? 아마도 없을 것이다. 그도 그럴 것이 인간만두는 내가 3년 전에 지어낸 단어니까…….

인간만두는 '머리끝까지 이불을 덮고 누운 상태의 인간'을 이르는 말이다. 이 단어를 만들게 된 계기는 3년 전, 내가 가장 좋아하는 것을 소재로 짧은 소설을 써달라는 청탁을 받았을 때로 거슬러 올라간다. 때마침 나는 만두를 먹는 중이었고, 곧바로 만두에 관한 소설을 써야겠다고 생각했다. 오랫동안 좋아해온 것, 앞으로도 좋아할 것, 생각만 해도 좋은 것은 아무래도 만두만 한 게 없지 않나?

만두 이야기를 쓰는 것은 무척 즐거웠으나, 소설을 다 쓰고 난 뒤에는 한 가지 의문에 빠졌다. 만두를 좋아한다고 선언했지만 정작 나는 만두에 관해 아는 게 없지 않나? 맛있게 먹기만 했지, 만두를 제대로 알아봐야겠다는 생각은 한 적이 없었다. 이래서야 정말 좋아한다고 말할 수 있을까.

우선은 급하게 만두의 사전적 정의부터 찾아보았다. "밀가루 따위를 반죽하여 소를 넣어 빚은 음식." 뭐야, 생각보다 조건이 허술하잖아……. 하기야 바로 그 점이 내가 만두를 좋아하는 이유이기도 했다. 김치가 들어가면 김치만두, 새우가 들어가면 새우만두. 어떤 식재료든 만두의 소가 될 수 있었고, 덕분에 나는 질리지 않고 꾸준히 다양한 만두들을 먹을 수 있었다.

그다음 알아본 것은 만두의 기원이었다. 고대 중동에서 밀반죽에 속을 넣은 요리가 처음 생겨났고, 이후 중앙아시아에서 오늘날의 만두와 가까운 모습을 갖춘 음식이 만들어졌다는 것이 가장 유력한 설이었다. 그러나 내가 정말로 흥미를 느낀 것은 나관중이 《삼국연의》에서 야사 기록을 바탕으로 창작한 만두 이야기였는데, 내용은 다음과 같았다.

제갈량이 남만(南蛮)을 정벌하고 귀환길에 노수라는 강을 건너려던 중 난데없이 먹구름이 몰려들고 강물이 거세졌다. 이는 노수의 신이 노한 것으로, 마흔아홉 명의 머리를 잘라 제물로 바쳐야만 무사히 강을 건널 수 있었다. 이때 제갈량이 병사들을 희생시키는 대신 사람 머리 모양으로 밀가루 반죽을 빚고 소고기와 양고기로 속을 채운 다음 강물에 던지자, 강은 거짓말처럼 잔잔해졌다.

마흔아홉 명의 인간을 대신한 마흔아홉 개의 만두 이야기는 무척 근사했다. 특히 인간 머리통만 한 크기의 만두는 떠올리는 것만으로도 재미가 있었다. 만두에 관한 이런저런 정보를 얻고 나니 만두를 좋아하는 사람에 조금 더 가까워진 듯했고, 나는 한결 편안해진 마음으로 잠자리에 들었다. 그러나 침대에 누워서도 만두에 관한 생각은 계속해서 이어졌다…….

당시 나는 프린스 호텔 소설가의 방에서 육 주간 머무르는 중이었는데, 호텔의 새하얀 침대 시트와 이불이 자꾸만 흰 밀가루 반죽을 연상하게 했다. 그렇다면 그 속에 누워 있는 나는 자연스럽게 만두의 소가(앞서 말했듯이 무엇이든 소가 될 수 있다) 되는 것이었다. 내친김에 나는 머리끝까지 이불을 덮어보았고, 그 상태를 인간만두라고 명명하기로 했다. 제갈량이 만두로 인간을 대신했다면, 이번에는 내가 만두를 대신할 차례가 온 것이었다.

세상만사 그러하듯 인간만두가 되는 일에도 장단점이 있다. 장점은 일단 안락하다는 것. 여름철에는 모기로부터 신체를 보호할 수 있고, 겨울철에는 체온을 유지할 수 있다. 빛과 소음이 차단되어 심리적인 안정감도 든다. 마지막으로 너무 오래 누워 있는 것은 아닌지 걱정스러울 때, 자신을 인간이 아닌 만두라고 생각하면 자책감에서 쉽게 벗어날 수 있다.

반면에 단점은 모두가 예상하다시피 답답하다는 것이다. 아무래도 인간만두에서 인간의 역할은 만두피가 아닌 만두소이기 때문에 이는 감내해야 하는 부분이라고 할 수 있겠다. 또 한 가지 단점은 우리가 스스로 인간만두라고 정의하더라도 보는 이에 따라서 그냥 누워 있는 사람, 누워만 있는 사람, 일어나지 않는 한심한 사람으로 비칠 수 있다는 것이다. 억울한 마음이 들어 상대방에게 자신이 인간만두라고 항변하는 순간 더는 인간만두가 아니게 될 테니, 화를 속으로 삭여야 한다는 점 역시 단점이라고 할 수 있겠다.

이러한 치명적인 단점들이 있지만, 나는 이 글을 읽는 모든 이에게 때때로 인간만두가 될 것을 추천한다. 자본주의사회에서 생산적인 일원으로 살아가기 벅찬 순간은 누구에게나 한 번씩 찾아오기 마련이니까. ‘토머슨되기’가 수치심과 공포심을 유발한다면, ‘인간만두되기’는 극도의 편안함을 추구한다. 기왕 다른 존재로 거듭나고 싶다면, 아무래도 토머슨보다는 인간만두 쪽이 행복하지 않겠는가.

권 누 리

니은

실내산책

요쿨Jökull

주인공

편pun

미술관, 박물관, 도서관에 자발적으로 갇혀 홀과 복도를 배회하고 계단을 오르내리는 것을 좋아하는 시인. 이를 '실내산책'이라 불러본다. 이름에서 가장 마음에 드는 자모는 '니은'이다. 살아가는 게 왜 이 모양인지 궁금해지면, 이름을 검색해 설명과 용례를 찾아 한참을 들여다본다. 삶이 이름을 따라간다는 말은 누가 처음 한 것일까. 투명한 세계라면 눈물에도 쉽게 오염되고 훼손될 텐데, 함께라면 가능했을지도 모를 어느 순간의 '요쿨'에 대해 알려주고 싶다. 당신이 '편'에 대해 모른다면 영원히 끝나지 않는 끝말잇기가 얼마나 무섭고 아름다운지에 대해서도. 이상해지는 것이 삶의 전략이었던 때도 있었다. 그게 나의 '주인공' 인식이었는데 이제는 애써 과장하지 않아도 충분히 이상한 이 삶이 꽤 마음에 든다.

니은

최근 몇 년 사이 부쩍 친밀해진 나의 두 번째 이름
은 단연 '한나'다. '한나'는 내가 가진 '이름의 아
카이브' 알고리즘에 따라 니은을 넣어 만들었다.
'이름의 아카이브'에서 오래 살아남은 이름에는
대부분 니은이 들어갔다. 수많은 이름을 짓고 지
우고 떠나보내고 나서야 그걸 깨달았다.
  니은에는 거의 욕심에 가까운 마음이 담겨 있었
던 것 같다. 내 이름에서 가장 마음에 드는 자모가
니은이었기 때문이다. 마땅한 이유 없는 취향에
서 비롯된 여러 별명은 좀체 소리 내어 말할 일이
없는데도 머릿속을 휘휘 떠돌았다. 니은의 발음
과 글자의 모양, 순서까지 왠지 기껍게 느껴진다
고 말하면 좀 괴상할 수 있겠지만, 정말로 '그곳'
이 나의 위치인 것처럼 느껴지는 순간이 있었다.
  삶이 이름을 따라간다는 말은 누가 처음 한 것
인지 궁금하다.
  이 이야기는 내게 그 어떤 괴담보다 무시무시

하게 느껴지곤 했다. 어쩐지 신탁이나 예언 같은 구석이 있지 않은가? 내가 살아가는 게 왜 이 모양인지 궁금해지면, 인터넷에 내 이름을 검색해 설명과 용례를 찾아 한참을 들여다봤다.

세상, 우박 그리고 빛이거나 사슴을 대체한 잉꼬 새.

어쨌든 내게 첫 번째로 주어진 뜻은 세상이었다. 세상을 잘 다스리는 사람이 되길 바란다는 다정한 뜻이 담긴 작명은 이따금 너무 무겁게 느껴졌다. 의심과 원망, 불신과 수치는 거스러미처럼 쉽게 일어났다. 내가 어떻게 세상까지 다스리지, 나조차 어쩔 줄 모르겠다 싶을 때가 많은데…….

물론 청소년 시기에는 내 이름뿐만 아니라 출신, 나이, 학교, 외모나 체형까지 마음에 드는 게 하나도 없었다. 누군가가 나를 싫어하는 낌새를 느끼면, 그 영역만은 결코 질 수 없다는 듯 나를 전력으로 미워했다. 간절히도 애썼다. 그렇게 오만했던 시기는 꽤 오래 지속되었고 또 반복되었다. 스스로 열렬히 미워하는 것만큼 남을 사랑하는 일이 수월했던 게 다행 중 불행이며 다행이다.

누군가를, 무언가를 너무 사랑하고 나면 그게 세계 바깥에서 다시 이 안으로 틈입하거나 내 살갗이며 정동, 기억에 감입해 나로 환원되곤 했지만 그건 그대로 두었다.

열두 살 때는 처음으로 나만의 블로그를 만들고 카페에 가입했다. 이후 여러 소셜 네트워크 서비스에 가입과 탈퇴를 반복하며, 새로운 이름을 지어다가 처음부터 내 것이었던 양 굴었다. 살고 싶은 삶을 물려주는 일, 이름 짓는 기쁨을 충분히 누렸다. 거창한 이유가 담긴 별명도, 아무 뜻 없는 애칭도 있었다. 어떤 사람은 주먹으로 키보드를 쾅 내리쳐 우연히 만들어진 이름을 쓰기도 한다는데 그런 건 아직 해본 적이 없다. 물론 그에 준하는 장난스러운 가명은 있었을지도 모르겠다. 가끔 이름을 소개할 때면, 내 팔 이곳저곳에 새긴 문신의 유래를 둘러대듯 구구절절 뜻풀이를 전하곤 했다. 돌이켜보면, 이미 살고 있는 생을 은유한 이름을 쓰던 때 조금 거뜬한 기분이 들기도 했던 것 같다. 너무 예쁘거나 아기자기한 이름은 또 내것 같지가 않았다.

오래전 내걸었던 이름 대부분은 지금 발음하기엔 너무 부끄럽고 창피하게 느껴진다. 그 이름 대부분은 거대한 '이름 아카이브'에서 영구 삭제 조치를 했다. 어떻게든 떨쳐내려 노력하고 있다는 뜻이다. 그런 면에서 '한나'라는 이름은 어쩐지 앞으로도 꽤 오래 함께할 것 같다. 수년 전, 영어 이름을 사용하는 회사에 취직하며 수집했던 여러 이름 후보 중 극적으로 선택된 이 별칭은 일터가 바뀐 지금까지도 계속 사용 중이다. 긴 기간 여러 목소리로 불리고 쓰이다보니 '한나'가 정말 나인 것처럼 느껴진다.

나는 '한나'를 'Hannah'로 쓰며, 이 이름이 회문인 점이 좋다.

반으로 쪼개두면 앞에서부터 가운데로, 다시 뒤에서 가운데로 공평하게 반복되는 나의 두 번째 이름.

이따금 자기소개를 하거나 '한나'라는 이름으로 불리기를 원했던 이유를 나누게 될 때면, "제 원래 이름과 닮은 데가 있지요?" 묻곤 한다. 정말 그런 것 같다는 긍정의 대답은 잘 돌아오지 않는다. 하지만 내 이름에서 니은은 정말 중요하고, '한나'에도 니은이 '두 번'이나 들어가잖아요.

이런 억지는 싱거우니 몰래 속으로만 생각해보곤 한다.

아직은 산책의 즐거움을 모르겠다. 쾌청한 날씨에 충분한 시간과 체력만 주어지면 어디로든 영원히 걸어갈 것만 같은 씩씩한 친구를 여럿 두고 있지만, 내가 좋아하는 건 그들을 부지런히 따라 걸어보는 일이지 결코 산책이 아니다.

간혹 즐거운 산책을 위한 조언을 듣곤 한다. 무작정 나설 것, 짐을 덜어낼 것, 목적지를 정하지 않을 것, 낯선 곳에서 시작할 것, 주변의 소리와 풍경에 집중해볼 것. 그 무엇 하나 만만하지 않아서 산책을 즐기지 못하는 것일 수도 있다. 이유도, 목적도, 도착할 데도 없이 떠나는 것이나 가벼운 가방을 들고 나서는 일, 혹은 가방 없이 먼 데 덩그러니 떨어지는 일은 도무지 익숙해지지 않는다. 음량이나 성량의 크기와 무관하게 다양한 종류의 소음과 예상하지 못한 장면을 목도하는 일 자체에 쉽게 불안을 느끼는 탓도 있다. 일상은 대개 예측할 수 없으며 언제나 너무 많은 변수가 손

쓸 새 없이 발생하며, 이 모든 요인과 과정은 내 통제 아래에 있을 수 없음을 배운 것도 따져보자면 그리 오래되지 않았다. 외출이라는 건 늘 타협의 연속이다.

그럼에도 기꺼이 오랫동안, 무작정 헤매고 싶은 장소가 몇 있다. 미술관이나 박물관, 도서관이 그렇다. 아담하고 산뜻한 곳도 나쁘지 않지만, 가능하면 망망하고 서늘하게 넓은 곳으로. 사람이 적을수록, 층고가 높고 층이 구분되어 있어 원할 때 잠시 숨어 쉴 데가 많다면 더 좋다. 특정한 작품이나 전시, 유물, 서가를 찾는 대신 홀과 복도를 배회하고 계단을 오르내리며 난간에 기대서 로비를 내려다보는 것. 상상만으로도 흡족하다.

조금 어둡고 건조한 실내에 자발적으로 갇히는 것 또한 일종의 산책이라고 선언해본다. 몸 대신 마음이 제멋대로 들쑤시며 거니는 것 또한, 산책이 될 수 있다.

스물한두 살 때, 학교 필수 프로그램을 통해 미술관에서 봉사 점수를 채운 적이 있다. 각기 다른 소속을 가진 무리에 섞여 대강의실에 앉아 미술관의 역사와 각 공간의 소개를 들었다. 건네받은 리플릿을 뒤적이며 전시실의 위치와 마당의 이름을 따라 읽어보았다. 미술관 내에 있던 몇 군데 마당을 다 같이 둘러보는 거로 그날의 예비교육은 끝났다. 어쩌면 마당에 관해서는 안내만 받고 나 혼자서 곳곳을 찾아 둘러보았던 것일 수도 있다. 말끔히 관리된 잔디밭이나 저 멀리 골목골목 흩어진 노란 은행잎을 참 꼼꼼히도 봤다. 꼭 뭘 찾아내야 할 거라도 있는 것처럼.

봉사자로서 내 역할은 크게 두 가지였는데, 하나는 각 전시관과 엘리베이터의 위치를 안내하는 것이었고 다른 하나는 관람객이 '선'을 넘지 않도록 주의를 주는 일이었다. 어떤 전시가 진행 중이었는지는 전혀 기억나지 않는데도, 유아차를 동반한 이에게 엘리베이터가 계단 뒤편에 있음을 주지시켰던 순간만은 야릇할 정도로 생생하다. 구석진 데를 배정받아 지키고 앉아 있을 때는 관람객과 마주칠 일이 거의 없었다. 봉사 중에는 당연히 휴대전화도 꺼낼 수 없었으므로, 손목시계와 굉굉한 전시장 입구를 번갈아 물끄러미 바라보았던 시간도 때때로 그리워진다. 폐장이 가까워지는 걸 피부로 느낄 수 있었던 느긋하고 부드러운 공기나 조용하지만 분주한 발소리, 크기와 모양이 다 다른 신발도.

유쾌하고 기묘한 효능감.

그 짧은 기간이 오래 기억에 남아 봉사가 끝난 후 박물관과 포토 부스형 미술관에서 전시 스태프 일을 하기도 했다. 박물관을 가로지르는 것만이 내 전부처럼 느껴졌던 때, 유리에 손자국이 남지 않도록 거듭 안내하면서도 도슨트의 설명에 귀 기울여 외웠던 작품의 내용은 내게 오래 힘이 되었다. 목판 인출된 수많은 이본은 각각의 원본이라는 이야기가 낯설고 좋았다. 미술관을 청소하고 촬영 소품을 정리하면서, 역행하는 관람객에게 바른 진행 경로를 알리던 일 역시 아직 번쩍거리며 기억난다.

공간에 익숙해져야 하는 게 나의 일이라 덕분에 조금씩 덜 무서워진 실내에서 실컷 휘청거리기. 그 좁고 길고 굽이굽이 꺾이던 푸른 통로를 익숙하게 누비던 속도를 다시 만나고 싶다. 남들과 조금 다른 산책의 즐거움을 키링처럼 가방에 달랑 매달고.

아이슬란드어, 빙하, 실제 발음은 '요쿠트'에 가깝다

내가 없어서 조금 슬펐어?

며칠만 지나면 다시 서울에 간다. 일단은 침대에 엎드렸다. 아까 일정을 마치고 숙소로 돌아오는 길, 마트에 들러 물을 두 병 샀다. 쇼핑백을 들고 앞만 보고 흐리멍덩하게 걸어가는데 누군가 내게 다가와 물었어. 호텔에 가는 길을 알려달라고. 가족과 함께 여행을 왔는데, 어떻게 가야 할지 잘 모르겠다고.

말을 듣고 보니 그의 등 뒤에 멀찍이 옹기종기 서 있는 사람이 몇몇 보였다. 전혀 어둡지는 않았지만, 벌써 저녁 시간이었는데. 잘못한 것이 없는데 미안하다는 말이 절로 나왔어. 나도 여행객이고 그 호텔이 어디에 있는지는 알 수 없지만, 지도 보는 일을 조금은 도울 수 있다고 대답했다. 그는 머쓱하다는 듯 웃었고 나는 그대로 갈 길을 가면 된다는 걸 알았지. 가벼운 인사를 나누고…….

이곳의 환하고 푸르스름한 길에는 사람도 차도 없고, 찬 바람에 휴대전화 배터리는 빠르게 닳는다. 사실 어제도 길을 잃었거든. 분명 지도를 보며 맞는 길로 향하고 있다고 생각했는데 산책로가 끊어졌던 거지. 저 멀리 무덤 같은 돌무더기가 가지런히, 어쩌면 경건히 쌓여 있었고 그 곁으로는 나뭇가지가 놓여 널브러져 있었다. 이상해. 거기에서 요정을 본 것 같다.

비가 내려서 잔디가 다 젖어 있었는데도 결국 그 숲길을 얼마간 걷고 말았어. 양말이 축축해지니 조금 정신이 들었다. 역시 요정의 놀이터가 맞았을 거야. 여기서 들었던 노래, 돌아가면 들려줄게.

안녕.

아직 8월이지만, 그래도 아홉 시면 꽤 어슴푸레하다. 이른 새벽의 공기를 여기에선 아주 오래, 내내 느낄 수 있어. 돌아가고 싶지 않은 마음 반, 데리고 오고 싶은 마음이 반이야. 돌아가고 싶은 마

음은 언제부터 유기되었을까. 환멸. 서울에서부
터 내 목덜미 뒤로 매달려 처지던 슬픔이 이제는
내 발치까지 흘러내려 늘어진 채 그림자처럼 질
질 끌린다. 이대로 바닥을 뚫고 여기에 꽂혀 오랫
동안 서 있고 싶다. 징그러운 이 슬픔을 나의 나라
가 아닌 곳에 박아두고 어쩔 수 없다는 듯 새로운
언어를 배워볼까?

낯선 언어, 이해할 수 없는 언어, 말할 수 없음,
정확한 표현을 알지 못해서 몹시 천천히 이어지
는 아주 가느다랗고 뾰족한 문장, 스스로 찔러대
는 혀, 적절한 위치를 잃음/잊음, 횡설수설 반복
하고 되풀이하게 되는 단어, 화장실은 어디에 있
나요, 포장할 수 있을까요, 얼마? 여기에 어떻게
가, 안녕, 고마워, 부적절감? 흩어짐, 나 좀 안아
줄래? 한국에서 왔습니다. 조금 슬픈 정도가 아닌
거지. 미쳤어.

‘데이 투어 버스’는 삼십 분이나 늦게 약속
장소에 도착했다. 전화를 걸까 고민하다가
그러지 않았어. 머리가 아프네. 버스에 실려
떠내려갈 때, 창문 밖으로 보이는 하늘, 초
원, 채도가 낮은 흐린 풍경, 염소와 양, 소와

말, 뛰어노는 모습. 차창에 수그려 기대지 않고 이마를 딱 붙이고 있었어.

이런 풍경은 처음이다. 나는 여기에 와서 많이 걸었고 오래된 노래만 들었어. 사용 기한이 지난 필름으로 사진을 찍었다. 아프도록 차가운 공기를 주머니나 캐리어에 담아 가져가고 싶어. 잘 접어보면 어떨까, 쓰레기처럼 보이지 않으려면. 라이터 불은 자꾸 꺼지더라.

잠깐 잠들었다가 깨니 가이드가 돌아올 시간을 공지하고 있었다. 버스에서 내리자마자 찬 바람이 엉겨붙어 신체를 토양 삼아 새싹처럼 자라나는 것 같았어. 이 와중에 카메라가 걱정이다. 단추는 잘 잠갔어. 지퍼도. 그런데 너는?

안녕. 혼자 떠나오길 잘했다고 생각했는데, 빙하를 보고선 마음이 바뀌었다. 아무것도 버릴 수 없을 정도로 호수의 물은 맑았어. 이렇게 투명한 세계라면 눈물에도 쉽게 오염되고 훼손될 거야. 정신은 놀라울 정도로 또렷한데. '숨겨진 사람들'이 나

의 속을 말끔하게 도려낸 뒤 잿더미 얼음 조각을
채워주고 영혼을 밀봉한 게 아닐까. 그게 아니라면
겉과 속이 뒤집힌 거지. 패딩 점퍼로 채워진 솜 인
형처럼 든든해진 채 벌거벗겨진 것일지도. 이상하
고 징그럽고 아름답고. 차갑게 빛나는 감각으로 충
만한데, 동시에 완전히 깨끗하게 비워진 기분. 알
려주고 싶다. 우리가 함께였다면 가능했을까?

미안해, 울지 마.

(조금 떨어진 곳에는 검은 모래 해변.)
(파도치는 소리가 꼭 세상이 쪼개지는 것처럼 크게
들린다.)

주인공

얼마 전, '기억에 남는 선물'을 떠올릴 일이 있었다. 몇 가지를 곰곰이 되뇌던 중 별안간 섬찟한, 혹은 깜찍한 물건 하나가 머리를 스쳤다. 시트지를 붙이거나 도배를 하거나 실리콘을 마감할 때 사용하는 것.

나는 중학생 때 고무 헤라를 생일 선물로 받은 적이 있다.

고무 헤라를 선물받은 경험은 그게 처음이자 (아직은) 마지막이다. 아무래도 헤라라는 건 생일에 주기에는 조금 낯선 물건이겠지. 선물을 받고선 분명히 기뻤고 반가워했던 거 같은데, 사실 어쩌다가 고무 헤라를 받게 되었는지 그 전에 무슨 일이 있었는지는 잘 기억나지 않는다. 블로그 같은 데서 타일 시공 후기나 시트지로 물건을 꾸미는 게시글을 보고 신나게 이야기했던 걸 친구가 잘 기억해준 게 아닐까 싶다. 그래도 그렇지. 정말 감동이다.

그때는 유별난 사람이 되는 게 나를 내 삶의 주인공으로 만드는 일이라고 확신했던 걸지도 모르겠다. 나는 어렸을 때부터 어딘가에 비뚜름하게 걸쳐 있거나 끼어 있기를 좋아했고, 그건 일상을 대하는 태도에도 적용되었다. 유치원생일 때나 초등학교에 다니던 때는 혼자가 되는 일로 자기주장을 하며 여기저기 떠돌았고, 중학생 때는 어쩐지 굉장히 방정맞으면서 동시에 무섭도록 점잖은 청소년이었던 것 같다.

시간이 흐르는 동안 여러 정체성을 깨닫고 가늠하며 내가 가진 '정상성'을 셈하는 과정에서 나는 점점 자주, 쉽게 미끄러졌다. 아니다. 흘러내리는 것에 더 가까웠을 수도 있다. 매달려 있던 데서 떨어지는 기분, 혹은 물크러지며 흩어져서 갈피를 잡을 수 없는 상황을 겪었던 것일지도……. 소속감을 느끼기 위해 이곳저곳을 들쑤셨고, 수용받고 싶은 욕구를 해소하는 수단으로 장난과 농담, '우스워지기'를 사용했다.

다행히, 운 좋게도 성장 과정에서 나를 힐난하는 사람보다는 환대하는 친구와 어른을 더 많이 만났다. 그러나 어디에서 쉽게 말하기 어려운 기행으로 가득 찬 그 시간은 부끄럽고 후회되며, 무엇보다 아프게 느껴진다.

'이상해지는 것'이 삶의 전략이 된 데는 만화 탓도 있다고 말하고 싶다. 성정이나 기질이 가장 큰 요인이 되었겠지만, 그 방향성을 강화한 데는 만화의 영향도 컸을 거로 추측한다. 그 무렵 내가 좋아했던 만화의 주인공들은 엉뚱하고 명랑하며, 대책도 없이 용감하고 동시에 겁이 많았다. 대체로 소녀거나 소년이었는데, 둘 다거나 그 무엇도 아니었을 수도 있다. 그 애들은 초능력이나 마법 같은 능력을 보유하고 있기도 했다. 세계, 더 나아가서 우주를 지켰고 친구나 가족, 동료를 위해 싸웠다. 그게 나의 '주인공 인식'이었으므로 전투적으로 일상에서 비껴가기를 시도한 것이다. 그 시행착오는 나의 즐거움과 행복, 놀이가 되기도 했다. 많은 이에게 슬픔과 기쁨, 폭력과 보살핌이 뫼비우스의띠처럼 연결되어 있듯, 내게도 그랬다.

충동적으로 날뛰던 시기를 졸업하고 영원히 잠에서 깨지 못하던 고등학생이 된 나는 문예 창작과에 진학하기 위해 여러 번의 시험을 치렀다. 만들어진 '주인공 되기'를 그만두고 주인공 잘 만들기에 공을 들였다. 더욱 극적인 이야기 속에서 나의 화자는 수차례 비참해지고 좌절했다. 어떤 이야기는 나와 닮아서 괴로웠고, 또 어떤 이야기는 내가 아니라 절망적이었다. 그러다 어느 해에는 '주인공'이라는 시제와 마주쳤다. '주인공'을 소재로 무슨 시를 썼는지 기억나지 않는다고 쓰고 싶지만 사실 너무나도 뚜렷하게 생각난다. 다 쓰고 나와서 수험장 복도에서 한참을 울었던 것도, 잘 기억난다.

'주인공'으로 쓴 시는 내가 기다리던 좋은 결과를 주지 못했지만, 어쨌든 나는 적당히 살아남았다. 미끄러지고 비껴가고 흩어지고 떨어지고 구르면서.

이제는 애써 과장하지 않아도 충분히 이상한 이 삶이 꽤 마음에 든다. 지하철을 타기 전에 간절히 용기를 내야 하고, 집에서 책을 잃어버리는. 그리고 '마음에 든다'는 되뇜이 나를 조금 더 살 수 있게 한다는 걸, 알고 있다.

펀 pun

말장난, 언어유희

비밀은 아니지만, 나는 책 읽기를 즐기는 어린이
는 아니었다. 아주 어렸을 때는 오히려 싫어하거
나 귀찮게 여기는 쪽에 가까웠다. 주로 애니메이
션을 보며 시간을 보냈고 굳이 책을 읽는다면 만
화책이거나 도감류였다. 동화를 찾아 읽어보게
된 것도 한참 지나서였다. 그림을 그리는 일도 그
림을 보는 것만큼 몹시 좋아했기 때문에 나의 원
가족은 내가 그림이나 사진을 다루는 사람이 될
거로 생각했다. 유치원에 다니던 시기부터 중학
생 3학년이 될 때까지 화가, 일러스트레이터, 디
자이너, 만화가 같은 직업을 골고루 바꿔가며 장
래 희망 칸에 나란히 채워두었다.

여전히 사진을 찍고 영상을 편집하는 일은 흥
미롭다. 여유롭게 일과를 마무리하면 책상 서랍
에 넣어두었던 화려한 꾸미기용 펜과 핀셋, 스티
커 파일을 꺼내 모조리 펼친 뒤 다이어리를 꾸미
고, 어려운 동세가 담긴 사진 자료를 찾아가며 크

로키를 그리기도 한다. 그래픽 소프트웨어 강의를 듣고 예제를 따라 포스터를 만든다. 가끔은 그리고 만들며 살아가는 삶을 상상해본다.

내가 어쩌다가 문자를 다루고 문장을 쓰는 사람으로서의 정체성을 가지게 되었는지 짚어볼 필요가 있다. 왜 열여섯 살의 여름을 지나며 애니메이션 고등학교가 아니라 문예 창작 영재 교육원에 지원서를 쓰게 되었을까. 간절히 친해지고 싶었던 친구와 소중한 국어 선생님에게 받은 영향이 아주 강력했겠지만, 그보다 더 오래된 작용을 헤집어보자면 그건 분명 엄마와 함께했던 말놀이 때문일 것이다.

그러니까 나는 사람들에게 영원히 끝나지 않는 끝말잇기가 얼마나 무섭고 아름다운지 알려주고 싶다.

어렸을 때 엄마와 끝말잇기, 주제나 규칙에 맞는 노래 한 소절 부르기, 제목 말하기처럼 단어나 문장을 떠올리는 놀이*를 자주 했다. 길을 걷다가

---

* 끝말잇기는 한 사람이 낱말을 말하면 그 단어의 끝음절을 첫음

간판에 적힌 상호를 읽다가도 갑작스럽게 시작되
는 이 놀이는 누군가 완전히 지쳐야만 끝이 났다.
그림자, 자기장, 장사, 사장, 장가, 가장, 장기, 기
장, 장소, 소장, 장화, 화장, 장미, 미장, 장차, 차
장……. 별안간 속수무책으로 이어지는 '장'의 굴
레에 갇혀도 다행히 세상에 쉬운 단어는 너무 많
았다. 나중에는 누군가 이어질 단어를 바로 떠올
리지 못해도 힌트를 주면서까지 끊어지지 않게
했다. 리본, 본드, 드라마, 마이크, 크리스마스, 스
리랑카, 카메라……. 이런 레퍼토리가 시작되면
괜히 반가운 마음도 들었다.

그리고 학교, 교정, 정물, 물정, 정교, 교정,
아까 했던 거잖아,
아까랑 다른 뜻인데?
이런 대화에서 나의 글이 시작되었다고 느낀다.

절로 삼는 다른 단어를 말하며 이어가는 놀이로 많은 사람에게
친숙할 것 같다. 노래 부르기는 이를테면, '생일'이 제목이나 가
사에 들어가는 노래를 부르거나 애니메이션 제목을 말하고 주
제가를 부르는 식이다. 제목 말하기는 좋아하는 책 제목이나 작
가의 이름, 영화나 드라마의 제목을 번갈아 말하는 제법 삼삼한
놀이였다.

얼마나 많은 두 글자, 세 글자 단어가 내 곁에 머물렀을지 그 단어 릴레이가 몇 번이나 내 안에서 반복되었을지 가늠이 되지 않는다. 모든 단어를 소진한 것 같은 기분이 들 때도, 장난처럼 말이 떠올랐다. 귤피가 끊어지지 않도록 한 번에 벗겨내는 혼자만의 게임처럼 단어 타래가 무한히 이어지도록 '한 방 단어' 같은 건 절대 쓰지 않겠다는 다짐도 한다. 끝말잇기는 쉽게 끝나지 않는다는 점이 가장 재미있는 거니까.

언젠가의 대학교 강의에서 '펀(pun)'의 개념을 배웠을 때, 내가 말장난과 말놀이라는 유산을 꼭 쥔 채 성장했다는 사실을 깨달았다. 그 이해는 반가우면서도 놀랍고 동시에 아찔하게 느껴지기도 했는데, 앞으로도 계속해서 이런 장난과 농담, 유희로 생을 이어가리라는 예감이 들었기 때문이다.

새삼스럽지만, 나는 아직도 끝말잇기 놀이를 사랑한다. 세 글자 이상, 아니면 영어로, 그게 아니라면 고유명사만으로. 오직 재미만을 위한 이상하고 까다로운 규칙을 덧붙이며, 대신 이 놀이가 오래오래 이어지도록 더 많은 실마리와 관용을 준비하고서 말이다.

김 선 형

Pang (n.)

Poignant (a.)

Bless (v.)

Iridescent (a.)

Reflection (n.)

울창하고 낯선 텍스트의 숲 어귀, 빛이 달라질 때마다 자꾸만 모습을 바꾸는 외국어를 더듬고 어루만지는 번역가. 'pang'을 형언할 수 없는 환상통으로 감각하고, 한번 pang을 당한 자아는 이전으로 돌아갈 수 없다고 믿는다. 'Poignant'은 pang이 꿰뚫고 지나간 자리에서 가라앉는 어떤 찬란한 사무침의 형용사. 우리에게 앎을 주고 깨달음을 주지만 또한 우리를 찌르고 상처입히고 관통하는 문학 같은. 감춰뒀던 의미를 급작스럽게 드러낸 단어로는 'Bless'가 있다. 축복의 빛깔은 무얼까? 무구한 폭포수의 물방울도, 함부로 바다에 엎질러진 유독한 유막도, 특별한 빛이 비추는 어느 순간에는 'iridescent'하다고 말하고 싶다. 허구 속의 타자가 자신의 거울이 되었을 때 터져 나오는 진짜 감정, 우리가 닿을 수 있는 유일한 빛. 그게 내가 아는 'reflection'이다.

페터 빅셀의 단편 〈책상은 책상이다〉[*]에는 사물의 이름을 혼자서 바꾸어 부르는 사람이 나온다. 그는 어느 날 책상이 왜 꼭 책상이어야 하는지 의문을 품고 세상 만물의 이름을 다시 붙이기로 한다. 그래서 사진을 침대라고 부르고 양탄자를 책상이라고 부르기 시작한다. 그리하여 그가 아는 모든 사물의 이름이 오로지 '그만 아는 단어'가 되었을 때, 그는 사람들과 그 어떤 소통도 할 수 없는 외톨이가 되어버린다. 언어가 소통의 도구이며 사회적 합의를 전제한 기호 체계라는 시각에서 보면 '나만 아는 단어'란 불가능할 뿐만 아니라 무의미하고 절망적이다. 그런데 자기만의 언어를 만들기로 한 이 사람의 선택, 이 사람의 고립에는 슬픔이나 비참만 있는 게 아니다. 이상한 희열도 함께 서려 있다. 그 모든 고충은 그저 세상 사람들이 다 쓰는 언어에 '합의'해주기만 하

* 페터 빅셀, 이용숙 옮김,《책상은 책상이다》(위즈덤하우스, 2019).

면 끝나기 때문이다. 하지만 그가 모종의 이유로 ‘그러지 않기로’ 작정했기 때문이다. 이 단순한 이야기는 쉬이 잊히지 않는다. 포섭을 거부하는 기이한 옹고집이 우리를 불편하게 하고 사유하게 하고 끝내는 유혹한다.

나는 그 불가해한 매혹이 시적이라고 느낀다. 어느 날 광기에 빠져들어 세계와 소통의 끈을 자발적으로 끊어버린 시인 횔덜린처럼, 합리적인 설명에 저항하는 존재는 시가 된다. 삐죽삐죽 무용한 옹고집, 쓸모라곤 약에 쓰려도 찾을 수 없는 특이점. ‘우리’가 ‘각자’가 되는 지점마다 거슬리게 툭툭 튀어나오는 불타협의 차이들. 세상과 어긋나고 남들과 갈라서는 기벽들. 그것들만 부싯돌 삼아 불꽃을 튀기며 갑자기 발화하는 의미들을 품은 말들이, 시의 세계에는 있다. 사회적 합의 같은 것에 다다를 리 없는, 얼핏 무의미한 말들……. 그 말들이 불현듯, 매우 사적인 이유들로 화르르 복잡하게 타오를 때가 있다. 모종의 계기로 단어들과 그런 마술 같은 관계를 맺는 순간 문학이 삶에 들어온다고 나는 믿는다.

나는 꽤 오랜 세월에 걸쳐서 매일 깨어 있는 시간의 상당 부분을 낯선 외국어 단어들을 들여다보고 더듬어보고 어루만지고 굴려보고 미루어 짐작하며 조금씩 더 알아가는 일에 바쳐왔다. 태어나자마자 공기처럼 숨 쉬며 흡수한 모어가 아니라 울창하고 낯선 텍스트의 숲 어귀에 서서 막막하게 안을 들여다보던 이방인으로 처음 만난 외국어다. 이 숲길은 여전히 미로 같고 이질적인 활자의 풍광들은 어슴푸레하고 얼비치고 미끄럽다. 빛이 달라질 때마다 자꾸만 모습을 바꾼다. 어떤 단어들은 적당히 편안한 소통의 체계로 순순히 굴러들어 와주지만, 어떤 단어들은 '합의'로 작동하는 '기호'로 얌전히 존재하기를 끝내 거부한다. 어떤 단어들은 어른거리고 휘발하고 부서지거나 흔들려서 움켜쥐기는커녕 붙잡기도 힘들다. 또 어떤 단어들은 나만의 기억이나 뜬금없는 연상으로부터 뜻밖의 의미를 획득하기도 한다. 단어의 앎은 내 역사, 차이와 기벽에 부딪혀 이탈되고 일탈하며 생성된다. 어디까지가 나라는 개인의 특질이고 어디까지가 내가 체득한 모어와 그 모어가 품은 모든 것의 차이일까, 그조차 분간하기 쉽지 않다. 하지만 때로는, 바로 이 낯섦과 거리감으로 인해 돌발적인 의미들이 문득 점화될 때가 있는데, 그럴 때 나는 외국어의 단어들이 영롱하다고, 경이롭다고 느낀다. 시적이라고, 문학적이라고, 꼭 나만 아는 것 같다고 느낀다.

Pang (n.)

나 혼자만 아는 단어야 있을 리 없지만 나만 아플까 싶은 단어는 있다. 짧고 격렬한 어떤 통증을 칭하는 영단어, 'pang'이다. 내게 pang은 결코 붙잡을 수 없고 어떻게도 옮길 수 없는 단어다. 이 낱말은 기이한 통각으로 먼저 감각되고 삽시간에 무한한 연상으로 퍼져나간다. pang은 정동이다. 형언할 수 없는 환상통이다. 쓸 때도 읽을 때도, 문득 떠올리기만 해도, 쿡, 아프다. 왠지 모르겠지만 그 아픔은 외상이 아니라 내상, 열상이나 화상이 아니라 자상이나 동상의 통증이다. 부러뜨리거나 찢지 않고 베거나 찌른다. 뜨겁지 않고 차갑다. 차갑다 못해 시리다. 만연하지 않고 급습하는 통증, 타박하기보다 파열하고 관통한다. 가슴이나 명치에서 시작해 온몸을 저리게 뒤흔들어 훑는 분명한 신체적 감각이건만 묘하게도 늘 마음속에서, 심리적 계기로 촉발된다. 이를테면 머리로 알고 있었으나 가슴으로 느끼지 못했던 실연,

실패, 실책, 실기(失期), 그 서늘한 진의를 어떤 계기로 새삼 깨닫거나 재기억하는 것. 허투루 흘려보낸 어떤 시간의 잔인함을 온 존재로 받아내기, 그 얼얼한 충격. 어쩐지 pang은 내 안 어딘가에서, 가슴에서, 혹은 뱃속에서, 불시에 팡, 터지는 얼음 폭탄 같다. 움찔 소스라쳐 아연하는 사이, 수백만 조각으로 비산한 날카로운 얼음 파편이 혈류에 침투해 온몸으로 퍼진다. 서서히, 아주 서서히, 미소한 얼음 조각들이 흐느끼며 녹아내린다. 핏속에 눈물이 번진다, 돌멩이가 관통한 수면에서 퍼지는 잔물결처럼, '드림 팡 심벌즈'•의 차르르한 여음처럼. pang을 느꼈다면 한참을 파르르, 파르르 떨다 슬프게 깨어나야 한다. 둔감에서, 망각에서, 무지에서. 잊어서는 안 되지만 너무 아파서 잊을 수밖에 없었던 무언가가 기필코 저 안에서 깨어난다. 나도 세계도 변한다. 여파는 클 수도 작을 수도 있지만, pang을 '당한' 자아는 이전으로 돌아갈 수 없다.

pang은 오로지 그 글자 그대로의 형태 그대로

• 중국풍 징 스타일의 심벌즈로 타격음, 즉 '크래시'의 효과가 일반 심벌즈보다 드라마틱하다.

의 소리로만 온전한 의미를 전달한다. pang의 형
태와 소리는 훨씬 더 광역의 의미를 지닌 고통
(pain)을 환기한다. 하지만 훨씬 더 발작적이고
순간적이다. 'n'으로 명확히 매듭지어지는 pain
과 달리 '—ng'라는 비음의 끝마무리는 잔상으로
귓전에 머무른다. pang은 총소리 'bang'을 즉각
불러온다. 하지만 둔탁한 유성음의 위로조차 없
이 날카롭고 시린 파열음으로 터진다. 카랑카랑
한 타종음, 심금을 단번에 폭력적으로 퉁기는 움
직임, 시위를 떠나 공기를 찢는 화살의 돌이킬 수
없는 무도함, 파르라니 빛나는 얼음 화살촉이 심
장을 꿰뚫는 순간, 한 존재를 뒤흔드는 격발의 충
격, 오래 잊혔던 유령들이 단숨에 살아나 돌아오
는 공포, 인정하고 싶지 않은 상실이 기어이 확정
되는 절대성의 감각, "기억과 욕망을 뒤섞는"• 잔
인한 사월의 들쑤심, 자책과 후회로 치를 떠는 스
크루지의 가슴을 꿰뚫는 통감, 자기가 지은 시의
숲으로 사랑하는 이가 영영 들어오지 않으리라는
사실을 꿈 속에서 깨닫는 로버트 프로스트의 절

• T.S. 엘리엇, 〈황무지〉, 필자 번역.

망,* 자신의 삶이 그저 허구로 지은 모래성이었음을 깨닫는 에드나 폰텔리에**의 서늘하고 뼈저린 환멸. 원래 단말마의 통증을 칭하던 pang은 불가역적 상실을 확정짓는, 아무리 절실해도 결코 어떻게도 그 무엇도 돌이킬 수 없음을 선포하는, 그리하여 어떤 자아의 죽음을 고하는 조종의 소리로 화했다.

* 미국 시인 로버트 프로스트(1874~1963)의 시, 〈어떤 꿈의 통증〉.
** 케이트 쇼팽의 페미니즘 소설 《각성》의 주인공. 에드나 폰텔리에는 19세기 미국 남부 상류층의 기혼 여성으로 여름 휴양지 그랜드 아일에서 자신의 욕망과 자아를 자각하고 결혼 제도와 모성 이데올로기의 억압성을 통렬하게 깨닫는다.

Poignant (a.)

'poignant'는 pang이 꿰뚫고 지나간 자리, 그 서글프고 스산한 마음자리를 찔러 스미고 퍼지고 가라앉는 어떤 찬란한 사무침의 형용사다. pang은 내게 소리로 먼저 감각되지만 poignant는 빛과 색으로 먼저 감각된다. 왜냐고 묻는다면, 당신을 납득시킬 그럴싸한 이유는 내 수중에 없다. 아마도 그냥 나만 (그렇게) 아는 단어라서. 아마도 내가 맞닥뜨린 텍스트들 속에서 이 단어가 나올 때마다 읽고 느껴온 감각들, 그 기억이 첩첩이 쌓인 내 몸과 마음이 그렇게 아는 단어라서. 무엇보다 지금 이 순간의 내게 poignant는 어떤 '푸른 밤'[•]의 빛과 색이다. 검은색으로 수렴하는 스펙트럼의 깊고 짙은 청보라, 어느 위도에서 하지 무렵에만 나타나는 특별한 해 질 녘 하늘빛, 내가 육안으로 본 적도 없는 파란 시간, 존 디디온을 통해 내

• 존 디디온, 김제성 옮김 《푸른 밤》(뮤진트리, 2022), 8~9쪽.

가 오로지 책으로 읽었을 뿐인 '뢰르 블뢰'의 형용사다. "빛 자체가 파란색"인 그 어스름은 "어두워져 사라질 무렵" 한층 더 격렬해져서 "샤르트르 대성당의 스테인드글라스"나 "원자로 연료봉이 방사하는 체렌코프 광"처럼 현란하게 발광한다. 이 성스럽고도 공포스러운 찬란의 빛·색은 끝의 시작이고, 이미 "여름이 떠나버렸음"을 알리는 징표다. 그것은 "갈수록 질병, 약속의 종말, 남은 날들의 감소, 쇠락의 불가피성, 빛의 소멸을 향해" 다가가는 어떤 마음의 감지다. "빛의 소멸의 반대인 동시에 그 경고"다. 존 디디온을 읽은 후로 이 단어는 늘 내게 종말을 품은 영광, 필멸과 상실로만 확보되는 눈부신 의미를 강렬하게 환기한다.

시각으로 들이닥친 poignant는 멈추지 않고 후각, 촉각, 미각…… 나머지 신체감각들로 진격한다. 프랑스 고어 'poindre(찌르다)'의 형용사형에 뿌리를 둔 이 단어는 명확한 물리적 감각을 자아낸다. 후각으로 침범하는 가스·기체 같기도 하고 촉각으로 침범하는 송곳·칼끝, 미각을 얼얼하게 마비시키는 매운맛 같기도 하다. 하지만 어느 쪽이든 반드시 독하게, 따끔하게, 날카롭게, "찌른다." 코를 찌르고 피부를 찌르고 심장을 찌른다.

14세기에 poignant는 후각이나 미각을 강하게 자극하는 냄새 또는 맛, 뾰족한 무기에 찔리는 통증을 의미했었다. 그러나 이 물리적·신체적 용례는 금세 사멸하고 16세기 이후로는 감정과 인식을 아우르는 훨씬 더 복잡한 어떤 '느낌'을 포괄하게 되었는데, 그 요체는 바로 쾌감과 고통, 기쁨과 슬픔, 상처와 깨달음, 죄책감과 쾌락, 즉 온갖 병존할 수 없는 감각·감정들의 위태로운 공존, 그 총체적 패러독스의 효과다. poignant는 pang과 마찬가지로 신체적·물리적 감각과 심인적·감정적 효과가 언어적 은유로 연결되어 의미를 교환하는 기제를 보여준다. 이 단어는 정보고 앎이지만 또한 감각이고 정서다. 언어의 이러한 속성을 딛고 생성되어 작동하는 것이 문학이다. 문학은 우리에게 앎을 주고 깨달음을 주지만 또한 우리를 찌르고 상처입히고 관통한다.

나의 poignant는 문학, 특별히 영문학의 단어다. 달콤쌉쓸한 애증, 기쁨과 고통의 공존, 슬픔을 꿰뚫는 아름다움, 오래 머무는 여운. "난타하는 나날들의 허물고 부수는 포위"에 맞서 "여름의 꿀 같은 숨결"이 어떻게 버텨낼까 애태우며 걱정하다 "검은 잉크"로 시간에 맞서 싸우고자 결심하는 윌리엄 셰익스피어의 말[*]이고, 로체스터를 바라보며 가슴이 두 갈래로 찢어지는 제인 에어의 "통절한 쾌감"을 표현하는 샬럿 브론테의 말[**]이다. "지속되는 동안은 순수한 황금이지만 찰나에 스러지고, 순수한 꿀이슬"[***]이지만 벌에 쏘이는 아픔을 감수해야 하는, 치명적인 급성 질환 같은 독성의 쾌감이다.

* 윌리엄 셰익스피어, 《소네트》 65번, 필자 번역.
** 샬럿 브론테, 《제인 에어》 제17장, 필자 번역.
*** 같은 책, 제17장, 필자 번역.

Bless (v.)

축복의 빛깔은 무엇일까.

여름에는 초록빛 옥수수밭이 광활하게 펼쳐지고
겨울에는 온 세상이 새하얀 눈에 뒤덮이는 외국
의 고장에 한동안 살았다. 세계적으로 유명한 병
원이 있었기에 응급 환자를 실은 헬리콥터가 빈
번히 하늘을 날아다녔다. 유달리 가톨릭 신자들
이 많았는데, 그들은 헬리콥터가 뜨면 눈을 들어
하늘을 올려다보며 십자성호를 긋고 “bless……”
라고 중얼거리곤 했다. 내게 ‘bless’는 왠지 따뜻
했던 그 추운 고장의 기억과 연결된 단어였다. 벽
난로에 타닥타닥 타들어가는 모닥불, 온 세상을
요정 가루처럼 반짝이는 흰 빛으로 살풋 덮었다
이내 녹아 사라지는 아침의 서리, 생활 속에 배어
있는 온정, 사람이 사람이라는 이유로 불특정의
타자에게 최선의 선의를 표하는 마음이 덩어리진
친절한 기억. 영어를 쓰는 세상에서 재채기를 하
면 어김없이 군중 속에서 돌아오는 우렁찬 “Bless
you!”가 전하는 무차별한 다정함. 그때 나는 축복

이 하늘에서 눈처럼 내리는 그 무엇이라고 막연히 생각했던 것 같다.

그런데 어느 날 난데없는 프랑스어에 맞닥뜨렸다. 아주 짧은 문장에 쿵 부딪혔다. Elle me blesse. '그 여자가 내게 축복을 내린다'라는 뜻이라고 믿어 의심치 않았다. 그런데 아니었다. 맙소사, '그 여자는 내게 상처를 준다'였다. 이 뜬금없는 의미의 뒤섞임이 너무나도 인상적인 연상의 고리를 형성한 나머지 그 순간 축복과 상해는 나의 두뇌 속에서 하나로 뒤얽혀 bless가 자리한 뉴런에 저장되었다. 1066년 노르만 정복 이후 300년간 영국은 사실상 이중 언어 국가였고, 프랑스어는 세계 그 어떤 언어보다도 영어에 지대한 영향을 미쳤다. 난 궁금해졌다. 축복 내리기와 상처 주기가 언어적으로 이토록 가까운 이웃이라는 게 정말로 우연일까. 기억을 되짚어보니, 그제야 무의식으로 느껴온 bless의 다른 빛깔, 조금 더 무섭고 복잡한 층위가 의식으로 떠올랐다. 서구의 이야기 속에서는 동화 속의 요정 대모들마저 조건 없는 축복은 내리지 않는다. 마법 같은 축복을 받으려면, 먼저 부모를 잃고 물레에 찔려 피를 흘리고 가시나무 숲속에서 100년 잠을 자고 독이 든 사과를 먹고 쓰러져 반죽음을 통과해야 한다.

단어도 사람처럼, 전혀 몰랐던 생경한 얼굴을 불쑥 꺼내보일 때가 있다. 내가 알지 못하는 역사와 의례를 품은 bless를 갈라보니 붉은 피가 흘러나왔다. 정말로 피범벅이었다. (프랑스어의 blesser는 둔탁한 것으로 타격하는 행위를 지칭하는 것으로 의미론적 뿌리가 전혀 다르다는 게 반전이라면 반전이다.) 희생 제물의 피를 이교의 제단에 흩뿌려 성스러운 것으로서 따로 구별한다는 의미를 지닌 원시 게르만어 'blōþisōną'에서 온 말이라니. 그러니까 bless는 희생양이 흘린 피의 대가로 강복하는 행위였던 것이다. 그러니 그 주어는 결코 '아무나'가 될 수 없다. 영어를 말하는 사람들이 버릇처럼 읊조리는 "bless……"에는 늘 숨겨진 주어가 있다. 신(God)이다. 산 것의 피를 감히 요구할 권리를 지닌 단 하나의 존재. bless는 신이나 신의 권위를 대리하는 자의 특별한 권능이며 그 본질은 분류와 표식이다. 제례를 모시는 자, 천사나 요정이나 성인이나 사제의 축복은 은총의 범위를 구획한다.

수난과 지복의 역설로만 설립하는 이 종교적 비의는 사고 습관·집단 기억·무의식의 형태로 변해 bless라는 단어에 새겨졌다. 그 단어를 품은 언어의 문학 또한 피의 축복을 딛고 세계의 죄를 씻어내는 제례로 면면히 이어진다. 십자가의 성혈, 경련하는 어린 양의 핏발 선 눈, 미친 듯 달리는 말에 질질 끌려가다 못해 살점과 뼛조각으로 해체되는 죄 없고 아름다운 청년들의 육신, 히폴리투스*와 헥토르**의 피에 흠뻑 젖은 흙, 폭군의 노욕에 썩은 칼끝으로 서로를 살해하는 햄릿과 레어티즈의 벌어진 상처, 기차 바퀴에 묻은 안나 카레니나의 피, 빨강이기에 죽음을 맞는 빨강의 자서전, 텍스트들의 기억 위로 두오모 성당에서 신약성서를 표상하는 스테인드글라스, 붉은 유리를 투과한 투명한 햇빛, 맑은 빨강의 빛 결. 때로 단어는 급작스레 감춰뒀던 의미를 드러낸다. 기억과 우연과 맥락이 다중 충돌하는 지점에서.

* 에우리피데스의 비극을 각색한 라신의 〈페드르〉에서 아버지 테세우스의 이기심과 새어머니 페드르의 폭력적인 짝사랑에 희생되는 왕자.
** 《일리아스》에 등장하는 트로이의 왕자. 트로이의 마지막 희망으로 그리스의 아킬레우스에게 패한다. 사체가 아킬레우스의 전차에 매달린 채 질질 끌려 처참하게 훼손된다.

Iridescent (a.)

인도의 서사를 영어로 쓰는 아룬다티 로이는《지
복의 성자》에서 누군가의 피로 은총의 한계를 구
획하는 bless의 무도함을 주시한다. 뚜렷한 성별
(性別)로, 아니 뚜렷한 그 무엇으로도 성별(聖別)
되지 않는 모호한 존재들에게로 풍요로운 은총이
넘쳐흐르게 한다. 이 소설의 세계, 그 속의 사람
들은 붉은 blessing의 이름으로 피 흘리고 불탄다.
공산주의, 힌두 민족주의, 이슬람 근본주의……
선악을 가르며 구원을 약속하는 도그마들의 표식
과 구획에 희생당해 무참하게 흘리는 피로 붉게
젖어 있고 늘 활활 불타고 있다. 플라타너스도 타
오르고 태양도 불타고 사람의 폐도 불타고 도시
도 불타오른다. 하지만 전쟁과 개발이 고가도로
처럼 무도하게 세계를 가로지르는 가운데 저 낮
은 곳은 촉촉하다. "쓰레기와 알록달록한 비닐봉
지"로 뒤덮인 "빛나는 늪지"가 끝없이 재생된다.
"쫓겨난 사람들"의 아름다움이 하나의 해가 아니

라 동쪽 하늘 수백만 별빛의 은총을 입고 발한다. 축복처럼 갑자기 도래하는 아기는 "네온 불빛을 받은 기둥 모양의 모기떼" 아래 "빛의 웅덩이"에 벌거숭이로 누워 있다. 이 소설이 찬양하는 지복은 물기와 무지개와 별과 진주의 빛깔이다. 알록달록하고 영롱하다. 태양의 직사광처럼 눈부시지 않은 온유한 반사광, 은은한 광택과 무한한 색의 조합, 'iridescent'하다.

이 소설이 빠져드는 "세계 사이의 틈"은 iridescent하게 희번득거린다. '안줌'은 "모든 것"이 남성 아니면 여성인 "언어 바깥"에서 사는 제3의 성 히즈라다. 몸 안에 충돌하는 두 개의 성, 이른바 "인도-파키스탄 전쟁"을 품고 사는 그는 그저 모든 선을 넘어 "엄마"가 되기를 원한다. 안줌이 늘 축복을 간청하는 성자가 바로 "지복의 성자" 하즈라트 사르마드다. "위로받지 못하는 자들의 성인, 정확히 규정될 수 없는 자들, 신자들 속의 신성모독자, 신성모독자들 가운데 신자," 힌두인 소년을 사랑해 이슬람으로 개종한 아르메니아 유대교인인 하즈라트 사르마드는 '신은 없다'면서 정통 이슬람교마저 배교한 죄로 참수당하고 웃으며 자신의 머리를 들고 천국으로 직행했다. 300년이 지났지만 씻기지 않는 그의 피로 온통 붉게 물든 작은 영묘 안에 들어가면 "강렬하고 감지 가능하며 그 어떤 역사적 사실들의 합보다 진실한 사르마드의 불순종적 영이 그의 축복을 염원하는 이들에게" 나타나 "성체를 넘어선 영성, 화려함을 넘어선 소박함, 절멸의 가능성을 앞둔 순간에도 굴하지 않는 황홀한 사랑을 찬양"한다.[•]

그 황홀함의 색이 내겐 Iridescent다. 젊은 나이에 세계에 절망해 스스로 목숨을 끊은 린킨 파크의 보컬 체스터 베닝턴이 남긴 찬연한 목소리다. 2010년 발표한 린킨 파크의 명곡 〈Iridescent〉에서 그는 흡사 하즈마트 사르마드처럼 정확히 "불순종적 영"으로서 "성체를 넘어선 영성, 화려함을 넘어선 소박함, 절멸의 가능성을 앞둔 순간에도 굴하지 않는 황홀한 사랑의 가치"를 노래했다. "파국의 여파" 속에 서서 "비처럼 내리는 대재앙"을 맞으며 "지금 나를 구원해주세요"라고만 읊조리게 되는 "터무니없이 외로운" 막바지의 순간, "천사들마저 눈이 멀어버릴" "빛의 폭발"로 은총

• 아룬다티 로이, 민승남 옮김, 《지복의 성자》(문학동네, 2020), 22쪽.

의 중력이 허공으로 추락할 때, 벼랑 끝에 선 자에게 그는 "모든 슬픔과 좌절을 기억하라"고, 그러니 손을 놓으라고, 떠나보내라고 말한다. 슬픔과 좌절은 혼자만의 것이 아니고 모든 인간의 것임을 기억하라고, 속삭이며 젖어드는 연민과 공감의 물기 어린 윤기, 사랑, 불가능의 희망을 찬양했다. 오로지 불확실성만이 확실한 시대에 노자의 말을 다시 옮겨 퍼뜨리며 켄 리우는 쓴다. "모든 생은 공포와 아름다움이 함께 추는 춤이다."● 나의 iridescent는 불가능한 희망을 찬양하는 독보적인 목소리, 공포와 아름다움이 함께 추는 삶의 춤, 그 빛·색이다.

Iridescent는 그 어떤 빛과도 그 어떤 색과도 다르다. 아른거리고 모호하고 변화무쌍하다. 투명할 수도 있지만 불투명하기도 하다. 무구한 폭포수의 물방울도 함부로 바다에 엎질러진 유독한 유막도 iridescent하다. 꽃잎의 이슬도 음식 쓰레기의 기름기도 특별한 빛이 비추는 어느 순간에는 iridescent하다. 유한한 모든 것이 공평하게 영겁에 맞닿는 찰나의 빛깔이고 스러지는 모든 아

● 켄 리우, 황유원 옮김, 《길을 찾는 책 도덕경》(월북, 2025), 51쪽.

름다운 것의 발색이다. "꽃들이 달려가는 자동차 바퀴에 깔려 곤죽이 되면 어김없이 새 꽃들이 나타났다. 곤죽이 된 꽃과 시의 밀접한 관계를 그 누가 막을 수 있겠는가?"* 나의 iridescent는 아무도 막을 수 없는 꽃과 시의 그 밀접한 관계다.

• 아룬다티 로이, 민승남 옮김, 《지복의 성자》(문학동네, 2020), 69쪽.

Reflection (n.)

스스로 발광하는 것은 iridescent하지 않다. 오로지 반사되고 굴절되고 투영되는 빛만이 iridescent하다. 꺾이고 부서지고 일그러지고 회상된 빛만이 iridescent하다.

러시아의 시인 알렉산드르 푸슈킨의 《예브게니 오네긴》에서 "사색"과 "몽상"과 "소설"에 빠져 살던 시골 아가씨 타티아나는 도회적인 이방인 오네긴을 첫눈에 사랑하게 된다. 밤새 달뜬 연애편지를 써 내려간 타티아나가 편지를 봉합하는 순간 "달빛이 잦아들고" "여울물이 은빛으로 반짝인다." 하지만 그렇게 보낸 편지에는 회답이 없다. 타들어가는 가슴을 붙잡고 답장을 기다리던 타티아나를 오네긴이 직접 찾아온다. 그때 시인은 이렇게 쓴다.

타티아나는 다만 초조히 기다렸다.

심장의 두근거림 가라앉기를,
두 뺨의 화끈거림 사라지기를,
그러나 가슴은 계속 뛰고
두 뺨의 불길은 식을 길 없이
점점 더 뜨겁게만 타오르는데……
개구쟁이 소년에게 잡혀 든
애처로운 나비도 그렇게
무지갯빛 날개로 파닥파닥 반짝이고˙

하지만 iridescent하게 빛나는 나비(인간의 영혼을 표상하는 프시케의 상징이다) 같은 타티아나의 사랑은 곧 불에 휩싸여 죽음을 맞는다. 그 앞에 불쑥 나타난 "두 눈이 형형한 예브게니, / 무서운 유령처럼 서 있는 것 아닌가. / 불길에 휩싸이듯 / 그녀는 멈춰 섰다."˙˙ 댄디처럼 차려입고 완벽한 프랑스어를 구사하며 마주르카를 가볍게 춤추며 "온갖 것에 대하여 가볍게 언급"하고 "전문가의 박식한 표정"으로 "중요한 논쟁에는 침묵을

˙ 알렉산드르 푸슈킨, 김진영 옮김, 《예브게니 오네긴》(을유문화사, 2009), 113쪽, 이탤릭체는 필자가 한 것.
˙˙ 같은 책, 114쪽, 이탤릭체는 필자가 한 것.

고수"하다, "예상치 못했던 경구(警句)의 불꽃으로 / 여인들의 미소를 자아내는 재주"[*]를 지닌 오네긴은 어떤 근대인의 전형, 바로 성찰력과 주의력이 부재하는 인간, 굴절과 투영과 회상과 '반성(reflection)'의 능력이 결여된 인간이다. 기억과 맥락을 상실한 자, 현재의 인간, 오로지 그 순간의 이득과 쾌락에 봉사하는 오네긴은 타티아나의 사랑을 태워 죽이고 시인 렌스키를 총살한다. 하지만 푸슈킨이 진심으로 가여워하는 이는 타티아나와 렌스키가 아니라 삶을 무의미로 소모하며 욕망의 노예로 휘둘릴 운명의 오네긴이다. 타티아나는 온 존재를 다해 사랑한 후 자기 삶의 품격 있는 주인이 되고, 렌스키의 삶은 짧았지만 그가 남긴 "애틋한 시 구절"은 "몽상의 저 말 없는 기념비"이고 "찰나적인 생각의 장구한 자취"기 때문이다.[**] 빛을 굴절하는 사유와 성찰의 능력, 진실을 거울로 비추는 반영과 재창조의 능력, 투영하고 몽상하는 능력, 반추하고 회고하는 능력, 타티아나와 렌스키에게 있고 오네긴에 없었던 reflec-

• 같은 책, 14쪽.
•• 같은 책, 130쪽.

tion은 우리가 노예가 아닌 주인으로서 세계와 아름답고 의미있게 연결되게 해주는 단 하나의 열쇠 말이다.

일시적인 기분에의 복종이 어째서 노예 상태인가? 그 최종 원인은 영혼과 시간의 관계 속에 있다. 자의적인 것에 복종하는 사람에게는 시간의 흐름이 정지되고, 그는 다음 순간이 가져다줄 것을 기다리게 된다(너무도 굴욕적인 상황이다). 자기의 시간을 자기 것으로 가질 수 없다. 현재를 지렛대 삼아 미래로 가는 게 불가능해진다.•

시몬 베유에게 "초자연의 빛"은 그 자체로 탐구 대상이 될 수 없다. 탐구할 것은 초자연이 아니라 실재하는 것, 바로 이 세상이어야 한다. 왜냐하면 "창조된 사물은 본질적으로 매개물"이기 때문이다. 각자 서로에게 닿기 위한 매개물, 또한 신에게 닿기 위한 매개물이다. 즉, 비유와 상징의 체계이기 때문이다. 베유에게 세계는 텍스트다.

• 시몬 베유, 윤진 옮김, 《중력과 은총》(문학과지성사, 2021), 207쪽.

세계는 여러 가지 의미를 가진 글이며, 우리는 수
고스러운 작업을 거쳐 그 의미들을 하나씩 알아간
다. 매번 육체도 참여한다. 외국어 철자를 익힐 때
와 같다. (…) 그런 수고가 없다면, 사유의 방식을
바꿔봤자 어차피 환상이다.[•]

지성은 이 세계의 의미에 닿는 수단이며 지성
의 가장 겸허한 형태는 주의력이다. 이 주의력을
자발적으로 행사하는 수고스러움을 거쳐야만 비
로소 세계에 내재한 빛이 reflected 된다. 베유에
게 학문과 신앙의 "모든 학습은 영적인 학습의 굴
절(reflection)"이어야만 한다. 시간 속에 영원성
이 거하는 유일한 자리인 "과거"를 스스로 "다시
만들지 않고" 마르셀 프루스트처럼 수고로운 주
의력을 기울여 돌아보아야 한다. 시인과 음악가
는 초자연의 빛을 바라보는 게 아니라 실재하는
것에 주의력을 고정시켜 "신이 세계 속에 강생한
다는 증거"인 예술의 아름다움을 산출해야 한다.
그리고 예술의 아름다움은 거리에서 오는 체념을
내포한다. "신과 인간 사이의 거리는 아름다움의

• 같은 책, 175쪽.

영혼”이다. “예술가의 관찰로 조명되는 대상은 이름을 잃는다.(…) 오직 그것들을 자기 내면에서 간파하고 재현하기 위해 태어난 누군가의 영혼과 눈과 손의 독특한 화합만이 그것들에게 존재와 가치를 부여한다.”•

Reflection이 확보하는 “거리”의 중요성은 발터 벤야민의 《이야기꾼 에세이》에서 또 다른 각도로 조명된다. 벤야민은 헤로도토스가 쓴 몰락한 이집트 왕 프사메니투스의 일화를 중요하게 인용한다. 그가 사형당하는 아들과 노예로 끌려가는 딸을 보면서도 흘리지 않았던 눈물을 포로 행렬 속의 종을 보고 펑펑 쏟는다는 이야기다. 이 짧은 책에서 벤야민은 이 일화를 두서너 번 반복해서 쓰고 그것도 모자라 “침묵과 거울”이라는 주제의 에른스트 블로흐의 글도 수록한다. 허구 속의 타자가 자신의 ‘거울상(mirror reflection)’이 되었을 때 비로소 터져 나오는 진짜 감정, 진짜 앎이 있다는 것. 그 감정, 그 앎이야말로 우리가 닿을 수 있는 유일한 빛이라는 것. 사람은 poignant하고 irides-

---

• 발터 벤야민, 김정아 옮김, 《이야기꾼 에세이》(현대문학, 2025), 175쪽. 이 책에서 인용한 폴 발레리의 말을 재인용한 것.

cent한 그 빛을 굴절하고 성찰하고 반사하고자 (reflect) 성심과 수고를 마다하지 않아야 한다는 것. 그것이 내가 아는 reflection이다.

김복희

빛

인형

문학

귀신

함께

실낱같은 희망이 필요할 때 틈새로 찾아드는 '빛'을 찾는 사람. '문학'을
입고 마시고 덮고 꿈꾸던 시절이 뿌리라면 그 유기성의 한계에서 늘 헤매
는 시인. 절대 등 뒤로 볼펜을 던지지 않는 건 두 손바닥을 펼친 채 가만
히 기다리고 있을 '귀신' 때문에. '인형'이 아니다. 인형은 귀신이 아니
다. 아니지만 가끔 살아 있다. 그러니 거칠게 끌어안거나 훼손하지 않았
으면. 우리는 이런 방식으로 '함께' 한다. 애석하게도. 안심되게도.

"빛이 있으라"는 말을 아시지요. 창세기가 전하는 문장입니다. 이것은 이 말을 진지하게 받아들이는 사람들에게는 말이면서, 말씀이면서, 글이면서, 시작이면서, 모든 것의 시작이면서, 모든 것을 존재케 하는 신적인 전능함의 증거이기도 합니다. "빛이 있으라" 제게 이 문장의 의미는 고독함이었습니다. 이 말이 정말로 존재하려면 이 말을 남긴 인간이 있어야 함을 알기 때문입니다. 다시 말해서, 아주 먼 옛날, 어떤 한 인간이 있었던 것이지요. 어떤 세상을 상상한 누군가가요. 아마도 별도 달도 없는 어두운 밤에 그이는 아무도 혹은 아무것도 없는 세상을 잠시 보았겠지요. 그 자신조차도 어둠에 묻힌 상태기에 스스로가 정말로 여기 있는지 확신할 수 없던 밤처럼, 시간의 흐름조차 느끼지 못할 만큼의 허공을 느낀 것일까요. 그러다가 그이는 거짓말처럼 태양이 떠오르는 것을 보았을 겁니다. '아무도'를 '무엇인가'로 바꾸

기 시작한 빛이 준 형언할 수 없는 감정. 이루 말
할 수 없는 안도 혹은 압도. 그것이 곧 "빛이 있으
라"는 말로 표현되었을지도요.

그래서 빛을 떠올리려면, 그 빛을 세상에 알려
준 이가 맞이한 밤부터 말하지 않으면 안 되는 것
입니다. 얼마나 두려웠을지, 얼마나 혼자였을지,
그 인간적이기 그지없는 마음을 새롭게 해줄, 구
체적인 희망이 얼마나 필요했을지……. 빛이란
희망이 필요한 이의 발명이라는 생각을 자주 합
니다. 실낱같은 희망이 필요할 때, 저도 모르게 틈
새로 찾아드는 빛을 찾게 되거든요.

사실, 세상에 우리의 입으로 무엇이 있으라 해
서 정말로 있게 되는 일은 좀처럼 드물잖아요. 원
래 그 자리에 존재하던 것이 아닌 이상, 있으라 해
서 생기는 일은 없잖아요. 그런 의미에서 "빛이
있으라" 하니, 빛이 있게 되었다는 것, 이 글을 쓰
는 지금 이 순간, 또 한 번 입 밖에 내어보아도 놀
라운 말입니다. 특히 이 말은 신이 한 것으로 되어
있기에 더 그렇습니다. 어찌됐든 한낱 인간인 제
가 저 말을 한다 해도, 빛의 신비가 손상되지 않기
에, 다시 생각해도 놀라운 말입니다.

창세기의 이 말에 대해 이렇듯 길게 말해보는

까닭은, 제가 종종 시에 쓴 빛이, 창세기의 저 시작이 불러일으키는 정감에서 비롯하고 있는 것 아닌가 하는 의심 때문입니다. 더 정확히는 윤동주가 쓴 시 〈십자가〉의 첫 연이 불러일으키는 심상에서 출발해온 것인지도요. 제목의 '십자가'는 예수가 못 박혀 죽은 바로 그 형틀을 뜻하고, 희생을 은유하는 문학적 상징입니다. 그 시의 첫 연은 이렇습니다.

쫓아오는 햇빛인데
지금 교회당 꼭대기
십자가에 걸리었습니다

인간 예수가 인간을 위해 희생하는 순간, 시의 화자는 십자가에 못 박혀 죽는 내내 그를 따라 비추던 빛을 봅니다. "빛이 있으라"에서 "쫓아오는 햇빛"으로, 빛의 변화를 함께 궁리해보면서요. "빛이 있으라"라는 구절이 인간적 고독함의 증거로서 '빛'에 대해서는 감춘 채, 신의 전지전능함을 내세운다면, "쫓아오는 햇빛"이라는 구절은 인간적인 고통이 신적인 고독과 통하고 있음을 보여주고 있는 것 같거든요.

저 시를 만난 이후로, 제게 빛은 늘 따라오는 것, 쫓아오는 것, 나를 숨게 하지 않는 것…… 거의, 무자비한 것, 그러나 모두에게 공평한 것이라는 은유로 기능하고 있지 않나 싶습니다. 신적인가요? 어느 정도는 그런 것 같습니다. 그러나 제 빛에 대한 상상은 아주 인간적인 것과도 연관합니다. 제게 빛은 모든 존재에게 공평히 찾아오는 죽음 혹은 소멸 같은 것이기에 그렇습니다. 죽음이 어떻게든 저를 늘 따라오고, 쫓아오고, 그 어디에 숨어도 저를 찾아낼 것이고, 제가 어떤 삶을 살든 저를 없애줄 거라는 생각을 하다보면, 빛이나 죽음이나 한 몸 아닌가 싶어지거든요. 뾰족하고 치명적인 희망입니다. 빛과 죽음은.

이제 타인의 구절에 기대지 않고 저 스스로 빛을 처음 마주했을 때를 떠올려봅니다. 어슴푸레한 기슭을 따라 벽지를 따라 조금씩 옮겨가던 얼룩, 조금씩 커지다가 마침내 완전히 방 안을 가득 채우던. 환한 것. 눈을 뜨면 확실히 나타나고, 눈을 감으면, 사라질 줄 알았지만, 사라지지 않는 것. 눈을 감아도 눈꺼풀, 얇은 가죽을 통과해 드러나던 은근한 것. 어른거리는 것이 있음을 알려주는 얼룩으로, 빛이 있었습니다. 빛 속의 누추한 세

간들, 그러나 그것들 없이 제가 어떻게 살아갈 수 있었을까요.

매일 그 어떤 곳에 있는 이에게라도, 빛은 있을 것입니다. 그리고 빛은 혼자 오는 법이 없었습니다. 언제나 다른 것, 이를테면 아침, 새의 기척, 지난밤의 흔적 같은 것을 들고 우리를 방문합니다.

빛은 드러냅니다. 그가 드러내고자 하는 모든 것을.

빛이 하는 일은, 빛이 저 혼자 있지 않음을 증명하는 것입니다.

빛은 (세상의 모든 것이 그러하지만) 가장 많이, 홀로 있지 않은 것입니다.

매일 저는 빛을 봅니다. 저를 따라오는 빛을 봅니다. 죽기 전까지 저를 포기하지 않는 냉정함을 봅니다. 다정하고 무정합니다. 지금까지도 그랬지만 앞으로도, 빛을 어떻게 맞이할지 내내 붙드는 것이 제 과제입니다.

그런데 이 빛은 저만을 위한 것이 아니랍니다. 공평하게 당신에게도 빛이 따라붙었을 것입니다. 당신도 저도 죽는 날까지 살아가야 하는 것입니다. 빛과.

인형

인형과 함께 살기

통상적으로 '인형'은 사람이나 동물의 형상을 본 떠 만든 장난감 혹은 장식품을 의미한다. 인형의 유의어로 '괴뢰(傀儡)',* 꼭두각시, 마네킹, 피규어 도 있다. 인공지능 스피커를 탑재해 단순한 대화 를 하는 인형, 무게 추를 이용해 눕히면 눈을 감고 세우면 눈을 뜨는 인형, 안아주면 눈물을 그치는 인형 등 마치 살아 있는 것처럼 보이는 인형도 있 으나, 엄밀히 말해 이 인형들은 산 것도 죽은 것도 아니다. 이들 인형은 생명 반응을 보이지 않는다 는 이유로 전부 물건으로 간주된다. 재차 강조하 자면 인형은 생명이 없는 존재로 만들어졌기 때 문이다. 인형은 먹지 않으며 싸지 않고 잠들지 않 으며 깨어 있지도 않다. 인형은 생명체와 닮은 외 형에도 불구하고 생명이 없다는 근거로 인해 인 간과 오랜 세월 더불어 지내올 수 있었다.

* 꼭두각시놀음에 나오는 여러 인형.

　또한 인형은 인간에게 인간의 대용품으로 적절히 활용되어왔다. 인체 실험 대신 사용하거나(얼마나 세게 부딪혀야 에어백이 터지는가 등등), 적으로부터 아군을 수호하거나(허수아비, 뱃전과 성벽 위의 가짜 병사 등등), 미운 놈을 죽이고 싶은 기분을 충족시키거나(저주의 제웅 등등), 대리 제물, 놀이 친구, 장식품 등등으로. 이는 모두 인형의 생명 없음을 담보로 가능했던 일들이다. 인간에게는 시킬 수 없고 시켜서도 안 되는 일을 인형에게 시키는 것이다. 생명이 없다는 이유로. 기능을 위주로 제작했다는 이유로.

　따라서 대부분의 인간은 인형에게 인권을 운운하지 않는다. 개별 인형에 대한 애착으로 인형을 아끼고 보듬는 일과 인형의 권리를 주장하는 것은 다르다고 여겨진다(실제 살아 있는 사람의 형상을 허락 없이 베낀 인형의 경우에도 인형의 권리가 문제시 되는 것이 아니라, 사람에 대한 인권침해가 문제가 된다). 때문에 '인형 같다'라는 말이 '완전무결하게 아름답다', '아주 귀엽다', '주체적이지 못하고 무기력해 보인다'를 동시에 의미하는 것은 모순으로 여겨지지 않는다. 인형은 인간을 닮아야 하지만, 절대로 인간과 같은 취급을 받지는 아니

하므로. 다시 말해, 인형에게 요구되는 '완전무결함'과 '주체적이지 못함'은 모두 보편적인 인간 특성(그런 게 있다면) 바깥의 것이다.

하지만

세상은 넓다. 인간이 모든 것을 다 알지 못한다. 인간종은 탈모도 해결하지 못했고, 생리통도 해결하지 못했고, 바다 가장 깊은 곳도 탐험하지 못했다. 그렇다. 인간은 살아 있는 인형도 있다는 사실, 다시 말해 생명 반응이 존재하는 인형도 있다는 사실을 염두에 두어야 한다. 나는 인간종과 인형종이 사이좋게 살아가기 위한 수단의 일부로 '살아 있는 인형을 구별하는 방법'을 소개하고자 한다.

아, 세상에 모든 인형을 대상으로 할 필요는 없다. 자신이 자주 보아 익숙한 인형을 대상으로 하기를 권장한다. 특별한 추억이 있거나 오랜 세월 같이한 인형일수록 좋다.

첫째, 외출 후에 인형의 위치가 미묘하게 달라져 있는지 확인한다. 이 방법은 가장 확실히 인형이 살아 있는지 살아 있지 않은지 알 수 있는 방법이다.

둘째, 버렸던 인형이 돌아온 적이 있는지 확인

한다. 먼젓번 방법과 마찬가지로 인형이 살아 있는지 살아 있지 않은지 확실히 알 수 있는 방법이다. 스스로 돌아오는 경우가 있고 공권력(쓰레기 불법 투기로 인한 적발)이나 타인의 친절을 빌려 돌아오는 경우 모두 해당된다.

셋째, 인형의 눈을 바라보는 것이 불편한지 가늠해본다. 오 초 이상 육십 초 미만을 권장한다. 만약 불편함이 느껴진다면 인형의 눈이 보이지 않는 방향으로 인형을 돌려놓고 모른 척하거나, 첫째와 둘째 방법을 사용해 호기심을 해결해보라.

넷째, 인형에게 편지를 쓴 다음 그것을 읽어주는 장면을 동영상으로 찍어본다. 편지는 최소 다섯 문장 이상을 써야 한다. 찍어놓은 동영상을 보는 게 불편하거나 거북하게 느껴진다면 모른 척하거나, 첫째와 둘째 방법을 사용해 호기심을 해결해보라.

셋째 방법과 넷째 방법을 먼저 실행해보고, 이 두 방법으로 인해 인형이 살아 있다는 의심이 드는 경우 첫째 방법과 둘째 방법을 사용해 인형이 살아 있는지 아닌지 확실히 확인해볼 수 있을 것이다.

단, 인형을 혼자 둔 상태로 감시 카메라를 설치

하는 일에는 극구 반대한다. 살아 있는 인형은 자신들이 살아 있다는 것을 들키고 싶어 하지 않기 때문에, 당신이 카메라를 설치하는 것을 알아채고 생명이 없는 척할 수 있기 때문이다. 한 자리에서 늘 머무는 존재가 된다는 것은 아주 신중한 존재가 된다는 뜻임을 잊지 말라. 더군다나 인형을 살아 있는 존재로 간주한다면(확인 전에), 카메라를 설치하는 것은 살아 있는 인형에 대한 모독이며, 범죄며, 비겁한 짓이다.

위 방법을 수행한 후 인형이 살아 있어서 반갑거나 기쁜 사람도 있을 것이고, 인형이 인형이어서 안타까운 사람도 있을 것이다(하지만 죽은 것은 아니니 너무 슬퍼하진 말도록). 그 반대도 물론 존재할 것이다. 인형 또한 그렇다. 자신이 매일 보는 인간이, 인형 그 자신과 달라 불편하고 어색해할 수 있다. 인형이 당신을 무조건적으로 사랑할 거라고 생각하지 않길 바란다. 인형을 너무 거칠게 끌어안거나 훼손하지 않도록 주의하기를 바란다. 특히 이 글을 읽는 당신이 성인이라면 더더욱 그렇다……

문학

문학과 국어와 함께

'문학'이라는 단어를 처음 알게 된 게 언제였나. 이야기, 동화, 소설, 시라는 단어는 익숙했지만 '문학'에 익숙해진 건 아무래도, 고등학교 입학 후부터였다. 중학교 때까지 내가 받은 교과서는 '국어' 교과서였으니까. 그런데 고등학생이 되자 '국어'가 '문학'과 '비문학'으로 '문법'으로 나뉘었다.

처음에 문학은 교과서적이기만 한 것처럼 보였다. 그러나 질풍노도 시기의 청소년답게 학교에서 가르치는 모든 것을 비웃고 싶었고, 교과서가 세상의 전부일 리가 없다고 믿었던 내게 문학 역시 교과서를 넘어서는 어떤 것이었다. 문학은 온갖 책을 팔던 동네 서점 자체이기도 했고, 주말에 갈 곳 없던 나를 환영해주던 동네 도서관의 문학 서가에서 서성거리던 시간이기도 했고, 하루에 두 번씩도 들르던 만화책 대여점과 언제나 귀에 꽂고 있던 이어폰 속의 아이돌의 노래 가사이기도 했다. 나는 사방에서, 국어 선생님 표현에 따르면, ‘하등 시험에 도움 안 되는 쓸모없는’ 많은 문장을 만났고, 반항심은 충만했지만 반항할 용기는 없던 나 자신을 이해할 수 있는 방법을 발견했고, 사람들로부터 그리고 세상으로부터 나를 감추지 않으면서 나를 보이지 않게 하는 방법을 터득할 수 있었다. 나는 문학을 입고 문학을 마시고 문학을 덮었고 문학을 꿈꾸었다.

교과서나 참고서에 실려 있지 않았던 수많은 말, 이야기, 배열과 배치, 시험에 나올 일 없는 그것들 틈에서 나는 가장 편안했다. 뭐랄까 내가 느끼는 것을 대신 표현해주어서는 아니었다. 내가 전혀 몰랐던 세계가 거기 있었다. 내가 있는 줄도 몰랐던 감정과 생각과 삶과 맥락이 거기 있었다. 그 낯선 말들은 더듬을 수밖에 없는 말들, 잘 붙지 않는 말들, 그럼에도 불구하고 새로운 나라에서 새로이 살아가고 싶어 꼭 배우고 싶었던 말들이 있다. 니는 또래 친구들과 나눌 수 없는 이야기들, 선생님에게 말하고 싶지 않은 것들, 부모님에게 숨기고 싶은 것들을 국어에 포함되지 않는 문학으로 함께 했다.

그러면 저것들만 내 문학적 뿌리라고 할 수 있을까?

그렇진 않다. 여전히 나는 교과서에서 비롯한 '국어'의 하위 갈래에 속했던 '문학' 교과서에도 내 뿌리 있음을 부인할 수 없다. 내면에는 반항심이 있었다느니 질풍노도의 시기였느니 하면서도 내가 가장 좋아했던 건 '문학' 시간이었다. '반어'가 무엇인지 '역설'이 무엇인지, 처음 배웠을 때 시 구절을, 소설의 한 대목을 잊을 수가 없다. "나 보기가 역겨워 / 가실 때에는 / 말없이" 보내드린다는 게 말이 안 되는 일이로군부터 시작해서 깃발을 보며 "소리 없는 아우성"을 보고, 식민 통치를 당하는 상황에서도 "이 태평천하!"를 외치는 윤직원 영감부터 이상하게 불길한 예감에 쫓기면서도 돈을 벌러 나가는 인력거꾼 김첨지까지. 문학 시간이 없었던들, 교과서에 실리지 않은 것들까지 문학으로 수용할 수 있었을까? 심지어 벌써 고등학교를 졸업한 지 십수 년이 지났는데도 내가 줄줄 외워 가끔 떠올리는 작품들 대개가 교과서에서 배운 것들이다. 〈공무도하가〉, 〈황조가〉에서부터 〈청산별곡〉, 〈누항사〉, 〈규원가〉나 〈시집살이 노래〉 등등. 내게 문학적 뿌리라는 게 있다면, 그 문학적 뿌리의 성분을 철저히 분석해야 한다면, 나는 저 작품들을 부인할 수 없으리라. 이

것은 말만의 문제가 아니라, 저 작품들을 이루고 있는, 문장이 이루고 있는, 맥락이 이루고 있는 정서가 내 안에 도사리고 있음 역시 의미하리라.

하지만 뿌리라는 게 원래 그런 것 아닌가. 내가 선택할 수 없는 지평에서 최대한으로 내게 좋은 양분을 흡수하기 위해, 살아 있기 위해 악착같이 헤매는 양식이 뿌리 아니던가. 살아 있음 자체가 뿌리의 증명이 아닌가. 실제로 그것이 내게 좋았던 것인지 아닌지, 앞으로도 좋을지 아닐지 알 수 없지만, 결국 지금의 형태와 결을 갖추도록 하는 데 지대한 영향을 준 것으로서. 나중의 형태와 결을 갖추기 위한 지난한 연장(延長)의 끝에 있는 것으로서.

뿌리란 줄기와 잎과 구별할 수 없는 일체의 유기적인 것이다. 나는 나의 유기성의 한계에서 늘 헤매는 사람이다. 종종 이따위 뿌리를 갖고서는 폭발적이고 비약적인 진화가 불가능하리라 생각한다. 이것은 나의 절망이지만 나의 무기이기도 하다. 누군가 와서 폭력적으로 나를 잘라내 간다고 해도, 줄기는 뿌리의 기억을 가질 것이다. 새로운 환경에서 새로운 양분을 찾아 내리는 뿌리는 또 그 형이 다를 테고 다른 줄기와 잎을 키워

내겠지만, 그렇다고 해서 그것이 오래 키워왔던 원초적 성질이 사라지리라는 생각은 들지 않는다. 계속된 분화와 생장이 있을 따름이겠지. 그리고 그것이 아주 미세한 형태의 진화라면, 그제서야 내 뿌리가 내 지평을 바꾸고 있음을 알 수 있을 것이다.

귀신

볼펜을 등 뒤로 던진 후, 함께

I

혼자 있을 때 볼펜을 네 등 뒤로 던져봐. 아무
소리도 나지 않으면 귀신이 네 뒤에서 볼펜
을 받은 거야.

2

여자애가 볼펜을 던지는 이야기였다.

어떤 여자애가 있었다. 혼자 있을 때 볼펜을
네 등 뒤로 던져봐……. 오늘 학교에서 들은
이야기였다. 여자애는 한밤중 책상을 마주
보고 의자에 앉아 있다가, 무심코 볼펜을 뒤
로 던졌다. 몇 번이나 던졌다. 매번 볼펜이 떨
어지는 소리가 들렸다. 어느 날이었다. 무심
코 버릇처럼 여자애가 마지막으로 볼펜을 던
졌다. 당시엔 마지막인 줄 몰랐지만 마지막
이 됐다. 고요했기에. 여자애는 너무 놀라서

심장마비로 죽고 말았다.

귀신은 없었다. 적어도 없어 보였다. 왜냐하면 여자애의 엄마가 여자애의 방을 정리하려다 푹신한 침대 위에 놓인 볼펜을 발견하는 것으로 이야기가 끝나기 때문이다. 하지만…… 귀신이 정말 없었을까?

다시 보니 여자애가 귀신에 붙들리는 이야기였다.

이 이야기를 알게 된 이후로, 나는 절대로 등 뒤로 볼펜을 던지지 않는 사람이 됐다. 그 심장마비로 죽은 여자애가 두 손바닥을 펼치고 등 뒤에서 기다리고 있을 것 같아서였다. 어쩐지 등 뒤를 외롭지 않도록 해주는 이야기였다. 이름도 학교도 모르는 여자애가 내 등 뒤에 와 있을 것 같았다. 볼펜 떨어지는 소리가 사라질 것 같았다. 내 심장 소리도.

볼펜을 들고 망설이는 동안 그 애는 내 등 뒤에 가만히 있을 것이다. 내가 볼펜을 나의 등 뒤로 던지기 전까지는 아무것도 아무 말도 하지 않고, 아무 소리도 내지 않고 다만 있다가, 그저 있다가, 날아오는 볼펜을 받을 것이다. 그 애가 볼펜 떨어지는 소리를 없애는 것이다.

고요를 위해서.

혹은 놀고 싶어서.

잠을 자야 내일 일과를 치를 수 있으니까, 밤새 안 자고 여자애와 놀아줄 수는 없으니까 나는 꾹 참는다. 나도 고요를 위해서 노력할 수 있으니까 꾹 참는다. 무심하지 않으려고 인내심을 발휘한다. 나는 우리가 함께 있다는 상태를 없애지 않으려고 한다.

3

'등 뒤로 볼펜을 던지는 소리'를 가져가버린 누군가에 대한 생각. 여자아이의 등 뒤에 정말 귀신이 있었을까에 대한 생각. 사실 죽을 때 어떤 소리든 한 가지를 가져갈 수 있어서, 그 순간 누군가가 '볼펜을 등 뒤로 던졌을 때 떨어지는 소리'를 가져간 게 아닐까 하는 의심. 누구든 등 뒤를 믿고 싶은 사람에게 기회를 준 어떤 이에 대한 생각.

그래서 누구든 등 뒤로 볼펜을 던지면, 아무 소리도 나지 않을 것이다.

볼펜은 반드시 어딘가에 닿을 것이지만, 어디에도 닿는 소리가 들리지 않는 것이다.

4

그런데 이 볼펜을 받는 귀신에 대한 이야기에는 애초에 볼펜을 던지지 말라는 경고가 없었다. 귀신이 등 뒤에 있답니다……. 그래서, 뭐? 다음이 없었다. 귀신이 그냥 있다는 거네요. 그렇지요? 언젠가부터 나는 귀신이 별로 무섭지 않게 됐다. 모든 것은 모든 자리에 있다.

그래서 후일 누가 당신을 향해 볼펜을 던지면 어떻게 할 것인지? 두 손을 펼치고 그 볼펜을 받아줄 것인지? 인내심을 어떤 방식으로 사용할 것인지?

함께

이상한 말이다 정말

김복희

당신은 '관계자 외 출입 금지' 구역에 들어가고 싶다. 왜? 호기심 때문에?

다른 이유가 없다면, 오직 호기심 때문이라면, 좋다. 방법을 알려주겠다. 그러나 당신이 금지된 곳에 들어가고 싶은 이유가 호기심이 아니라면 이 방법들은 실천해서는 안 됨을 경고한다.

단도직입적으로 말하자면, 관계자 외 출입 금지 구역에 들어가는 가장 쉬운 방법은 관계자가 되는 것이다. 관계자가 되어 관계자만 들어가는 공간에 출입하고 싶은 거라면 당신은 이 글보다 관계자가 되는 방법(모집 공고, 모집 요강 등)을 찾아야 하리라. 혹시나 그 어디서도 관계자가 되는 방법을 도무지 찾지 못한다면, 답은 한 가지다. 호랑이 굴에 들어가려면 호랑이를 찾는 것과 마찬가지랄까. 직접 관계자를 찾아가 모집 공고나 모집 요강에 대해 물어보라.

본격 관계자가 되고 싶지는 않지만, 관계자만

아는 곳에 가보고픈 당신.

나는 당신에게 글을 쓰고 있다.

당신,

관계자 외 출입 금지 구역에 입장할 준비를 해 보겠는가?

첫째, 당신은 관계자 외 출입 금지 구역에 들어가기 전, 한 가지 사실을 알아야 한다. 당신이 관계자에게만 허용된 구역에 들어갈 자격이 없는 자라는 사실이다. 이 말인즉슨 당신이 그 구역에 들어가는 것만으로도 아주 위험한 상황에 처할 수 있으며, 다른 사람들을 위험에 몰아넣을 수도 있음을 의미한다. 당신의 의도(호기심)와 아무런 상관없이 당신은 아주 나쁜 상황에 빠질 수 있다. 최악의 경우 차라리 죽고 싶어질 수도 있다. 각오하라.

둘째, 당신이 알고자 하는 해당 구역 관계자들의 행동 양식을 연구해야 한다. 그들은 언제 커피를 마시는가? 그들은 언제 식사를 하는가? 그들은 어디서 담배를 피우는가? 그들은 언제 출근하며 언제 퇴근하는가? 1년에 며칠간의 휴가를 보내는가? 등등. 관계자들의 휴식 시간과 교대 시간 등 동선과 휴가 일정을 철저히 파악하라.

셋째, 천 리 길도 겉모습부터라는 말이 있다. 당신이 가고자 하는 관계자 외 출입 금지 구역이 어디든, 당신은 관계자의 외형을 따라잡아야 한다. 가장 추천할 만한 방법은 관계자들의 겉모습을 연구해 흉내 내는 것이다. 그들의 제복 혹은 앞치마, 고무장화, 형광 조끼, 모자, 마스크 등을 보라. 그것들을 착용한 품새를 유심히 관찰하라. 관계자의 개성에 따라 착용 형태가 약간 상이할 수 있으므로 너무 매뉴얼대로 착용하려고 하지는 말라. 이를테면 마스크가 코와 입을 반드시 가려야 한다고 매뉴얼에 적혀 있더라도 해당 구역의 산소 분포도와 일조량에 따라 마스크 실착 형태가 다를 수 있을 것이다. 여하간 실제 착용한 이들의 체형과 각 착장의 낡음이나 청결도를 유심히 보고 적당히(언제나 '적당히'가 인간적 면모를 담보함을 잊지 말라) 따라 하라. 수칙을 너무 철저히 지키는 경우, 다른 관계자들이 당신을 의심할 수도 있으니 유의하도록.

넷째, 당신의 성별이 무엇인가? 만약 당신이 여자인데 남자만이 관계자인 곳에 들어가고 싶은가? 만약 당신이 남자인데 여자만이 관계자인 곳에 들어가고 싶은가? 당신의 성별이 무엇이든 성별을 바꾸는 분장을 해야 할 필요는 없다. 다 방법이 있다. 당신이 여자인데 남자만의 공간에 들어가고 싶다면 더 낮고 더 평범하고 더 눈에 띄지 않는 사람인 척, 고위 관계자의 허드레꾼인 척 연기하면 된다. 당신이 남자라도 마찬가지다. 다만 두 경우 모두 말을 거의 하지 않는 게 포인트고 몸을 최대한 작게 만들길 바란다.

다섯째, 이 모든 사항을 이행하여 당신은 마침내 관계자 외 출입 금지 구역에 들어왔다. 그래서, 당신의 호기심이 충족되었는가? 이제 당신은 그들이 어디서 식사를 하는지 알게 되었는가? 이제 당신은 그들이 어디서 믹스커피를 마시는지 알게 되었는가? 이제 당신은 그들이 어떤 통로를 거쳐 화장실에 다녀오는지 확실히 목격했는가? 만족하는가? 당신의 호기심은 구역 자체에 관한 것이었는가, 구역을 드나드는 사람들에 관한 것이었는가?

여섯째, 당신은 관계자 외 출입 금지 구역에서 본 것들에 대해서 다른 사람들에게 말할 수 있는가? 숨김없이, 공적 장소에서, 당신의 정체성을 걸고.

일곱째, 당신이 가고자했던 관계자 외 출입 금

지 구역이 어디든, 당신의 들고 난 흔적을 남기지 않는 것이 최우선이다. 그것은 관계자들에게도 필요한 소양이다. 당신은 있지만 없고, 언제든 누구로든 대체될 수 있다.

어디에서나 우리는 함께 있다. 애석하게도. 안심되게도.

유 선 혜

가름끈
명왕성
미색
빠삐용
것

책의 모서리를 툭 접어버리는 대충대충인 사람이지만 '가름끈'이 달린 책을 읽을 때는 어쩐지 아주 야무진 사람이 된 것만 같다. '명왕성'에 관한 시를 쓰는 일은 포기했지만 여전히 행성을 비유로 이해하는 시인. 이 것은 의지로는 막을 수 없는 속수무책의 감각인지도 모른다. '미색' 조명 아래에서 미색 노트에 글을 쓰는 시간을 좋아하고 앞에 커다란 괄호가 필요한 의존명사 '것'을 생각하면 슬퍼진다. 관념 속의 나방. 괜히 '빠삐용'이라 불러보고 싶은 생물은 매력적이지만 정작 방 안에 들어온 나방은 죽이고 싶다. 그런데 많은 것이 이렇지 않나?

가름끈

누구나 한 번쯤 사용해봤을 법하지만 정작 이름이 떠오르지 않는 물건이 있다. 그 물건에 관해 이야기하고 싶어도 "그거…… 그거 있잖아……"라고 말하며 구구절절 설명을 덧붙이게 되는 물건. 가름끈은 그런 물건이었다. 양장 제본 책에 대롱대롱 매달린 끈. 책 사이에 끼워 넣어 읽던 곳을 표시할 수 있도록 책등에 붙어 있는 가늘고 긴 끈.

글을 쓰다보면 난처한 순간이 있다. 눈에 보이지 않는 것을 문자로 변환하는 과정을 거쳐야 할 때가 특히 그렇다. 대체 어떤 이름으로 그걸 불러야 할까? 명확한 이름을 가진 사물을 지칭할 때는 큰 고민이 필요하지 않다. 눈앞에 두꺼운 책이 있다면, 그냥 '책'이라고 적으면 되는 것이다. 하지만 콕 집어 표현할 단어가 떠오르지 않는, 손에 잡히지도 않고 보이지도 않는 마음의 경우에는? 얼른 소설을 읽어버리고 싶으면서도 어쩐지 펼치기 싫은 이상한 마음이나, 결말까지 읽고 나면 전혀 다른 사람이 되어버릴 것 같은 막연한 예감은? 몇 백 쪽 분량의 이야기 속으로 뛰어드는 데 필요한 사소한 결심이라든가 전혀 느껴본 적 없는 새로운 감각에 대한 기대와 두려움은? 최대한 자세히 묘사하려 해도 결코 포착되지 않고 새어나가는 의미들이 있다. 나는 그런 걸 쓰고 싶다. 그러나 도대체 어떻게 이런 마음들을 있는 그대로 쓸 수 있을까?

글쓰기는 어떻게든 알맞은 언어를 찾은 후에야 비로소 가능해진다. 흡족하고 마땅한 단어를 찾지 못했더라도 어쩔 수 없다. 쓰기 위해서는 언어의 그물 사이로 빠져나가는 의미들을 어느 정도 포기해야 한다. 하지만 긴 고민 끝에, 꼭 들어맞는 표현을 발견하면 정말 기쁘다. 그게 하나의 단어이든, 외마디의 감탄사이든, 장황한 문장이든 간에. '가름끈'이라는 단어를 알게 되었을 때도 그랬다.

가름끈에 대한 가장 오래된 기억은 초등학교 시절로 거슬러 올라간다. 미하엘 엔데의 판타지 소설 《모모》는 당시 청소년들의 필독서였다. 어떤 이유에서인지는 나는 그 벽돌처럼 두꺼운 책을 읽고 독후감을 써야 했다. 읽고 싶지 않았고 책을 펼칠 엄두도 나지 않았다. 하지만 막상 읽기 시작하니 이야기에 빠져들었고, 며칠 만에 끝까지 읽었다. 소설의 내용은 생각나지 않지만, 글의 분위기는 아직도 기억에 남아 있다. 어린아이가 마치 꿈과 같은 낯선 세계로 뛰어들어 미로를 헤매다 은은하게 빛나는 출구를 찾아가는 느낌. 그사이에 나쁜 괴물과 친구가 되고, 착한 요정을 만나기도 하고, 사라지고 방황하고 흐려졌다가 다시 자기 자신을 되찾는 몽환적인 감각. 물론 소설이 정말로 그런 내용이었는지는 장담할 수 없지만.

《모모》의 표지에는 고전적인 느낌의 삽화가 그려져 있었고, 굵은 노란색 테두리가 그림을 감싸고 있었다. 그리고 진녹색 가름끈이 달려 있었다. 가름끈이 말 그대로 책의 세계를 갈라놓고 있었다. 이미 탐험을 마친 세계와 앞으로 빨려 들어가게 될 미지의 세계를 말이다. 가름끈은 서로 다른 두 세계의 국경이었고 나는 경계를 넘어가기 위해 책을 펼쳤다. 가름끈 너머의 기이한 세계로 진입하기 위해 페이지를 넘기고, 다시 책을 덮어야 할 때쯤 도달한 곳까지 가름끈을 끼워 넣기를 반복했다. 미로 속에서 지나온 길을 분필로 남기는 모험가처럼. 거기에는 몇 페이지를 읽었는지 표시하는 것 이상의 의미가 있었다.

책을 어디까지 읽었는지 표시하는 방법에는 여러 가지가 있다. 그 방법으로 책을 읽는 사람의 성격을 짐작할 수도 있을 것이다. 예쁜 책갈피를 반듯하게 끼우는 사람은 다정한 사람. 책날개를 사용하는 사람은 무던한 사람. 영수증이나 메모지를 끼워 넣는 사람은 자유로운 사람. 색색의 인덱스 스티커를 붙이는 사람은 성실한 사람……. 나는 보통 책의 모서리를 툭 접어버리는 대충대충인 사람이었다. 그러나 가름끈이 달린 책을 읽을 때만은 성실히 가름끈을 사용한다. 그때만큼은 내가 아주 바람직하고 야무진 사람이 된 것 같았다. 아주 두꺼운 책 앞에 서면 헤쳐나가야 할 방대한 이야기가 막막하고 두렵지만, 가름끈은 그런 책에서만 누릴 수 있는 호사이기에 눈을 질끈 감고 첫 페이지를 넘겨본다.

명왕성

대한민국에서 정규 교육과정을 밟다보면 꼭 외우게 되는 주문들이 있다. '태정태세문단세……'는 조선 왕조 역대 왕들의 묘호. '수헬리베붕탄질산……'은 원소 주기율표 순서. '가느다란물방울'은 음절의 끝소리 규칙의 자음들이다. 내가 가장 처음 외운 주문은 '수금지화목토천해명'이다. 그리고 '수금지화목토천해명'은 가장 비극적인 운명을 가진 주문이었다. 왜냐하면 2006년 이후로 주문의 맨 끝 글자 '명'을 빼야 했으니까.

명왕성은 이제 행성이 아니다. 행성보다 작은 천체인 왜행성으로 분류된다. 질량과 중력이 작고 타원형 모양으로 궤도가 찌그러져 있어, 행성의 기준을 충족하지 못하기 때문이다. 명왕성이 행성 자격을 박탈당하는 결정적인 계기가 된 것은 왜행성 '에리스'의 발견이었다. 천문학계는 명왕성과 여러모로 닮은 에리스를 새로운 행성으로 인정해야 할지 고민했다. 그러나 비슷한 크기의 천체가 여러 개 발견되면서, 에리스를 행성으로 인정하면 너무 많은 천체를 모두 행성으로 인정 해야만 했다. 그렇다면 명왕성을 행성이라고 할 수 있을까? 결국 국제천문학연맹은 긴 논쟁 끝에 보다 엄밀한 행성의 기준을 마련하고 명왕성의 행성 지위를 박탈하기로 한다.

명왕성의 영어 이름은 '플루토(Pluto)'로, 로마 신화 속 저승의 신 '플루톤'에서 따온 이름이다. 그리스 신화에서는 '하데스'라 불리는 바로 그 신 이다. 학습 만화로 각색된 그리스 로마 신화를 달 달 외울 정도로 여러 번 읽으며 자란 나는, 행성들 이 신의 이름으로 불린다는 사실이 정말 좋았다. 신과 행성이라니, 가슴이 뛰지 않을 수 없었다. 차 가운 태양계 외곽을 쓸쓸히 도는 명왕성과 저승 의 신은 특히 잘 어울렸다. 그리고 왜행성 에리스 의 이름도 절묘했다. 신화 속 에리스는 불화의 여 신으로, 황금 사과를 흘려서 트로이전쟁을 일으 킨 원흉이다. 왜행성 에리스도 천문학계에 거대 한 불화를 일으켜 전 세계의 과학 교과서를 다시 쓰게 만들었다. 에리스를 발견한 천문학자 마이 클 브라운 교수는 '명왕성 킬러'로 불리며 어린아 이들의 항의 편지를 엄청나게 받았다고 한다. 한다큐멘터리에 출연한 그는 체념한 듯한 표정으로 말한다. "저는 명왕성을 죽인 놈으로 기억될 거예요."

명왕성은 명계, 즉 저승의 왕이라는 멋진 이름을 가지고 있지만, 나는 명왕성이 늘 겉도는 존재의 상징처럼 여겨졌다. 명왕성을 둘러싼 모든 일화가 소외된 존재에 대한 알레고리처럼 읽혔던 것이다. 쓸쓸한 명왕성에 늘 애정이 갔지만 그건 동정심이나 선생님의 부탁으로 잘 어울리지 못하는 아이를 챙겨주는 학생회장의 심정 같은 것이 아니었다. 나는 늘 겉돌고 소외되는 아이 쪽에 가까웠으니까. 나는 아주 오래전부터 명왕성이 등장하는 시를 쓰고 싶었다. 명왕성을 죽인 놈들에게 복수해주고 싶었던 걸까? 그러나 시도는 번번이 실패로 돌아갔다. 명왕성을 의인화한 화자는 유치하고 작위적인 느낌이 들었고, 화자를 명왕성에 비유하는 것은 지나친 자기연민 같았다. "여기 좀 보세요…… 저는 외롭고 쓸쓸하고 슬픈 명왕성이랍니다……." 이런 대사를 던지는 비극의 주인공처럼.

비록 명왕성에 관한 시를 쓰는 일은 포기했지만, 나는 여전히 명왕성을 어떤 비유로 이해하는 듯하다. 이것은 의지로는 막을 수 없는 속수무책의 감각이다. 요즘은 명왕성이 더 이상 혼자가 아니라는 생각을 한다. 비록 태양계에서는 쫓겨났지만, 명왕성은 주변부의 작고 차가운 천체들과 함께다. 명왕성과 닮은 왜행성들이 거대한 무리를 이루고 있기 때문에. 아주 오랜 시간을 견디며 명왕성을 향해 날아간 탐사선도 있다. 무인 탐사선 뉴허라이즌스호가 명왕성에 도달하기까지는 약 10년이 걸렸지만, 그때의 명왕성은 이미 행성이 아니었다. 하지만 뉴허라이즌스호는 선명한 명왕성 사진 여러 장을 지구로 보내왔고, 사진 속 명왕성의 표면에는 커다란 하트 무늬가 있었다. 쓸쓸하고 외롭지만 함께인 것의…… 얼음 평원 혹은 거대한 심장……. 이렇게 명왕성을 바라보는 시선은 여전히 지나치게 감상적인 버릇일지 몰라도, 나는 이런 생각을 멈추기 어렵다.

미색

'미색'이라는 단어를 또렷하게 인식하게 된 건 내 방 천장에 달린 전등의 리모컨 때문이다. 내 방의 전등은 굉장히 오래되어 가끔 깜빡거렸는데, 어느 순간부터 아예 켜지지 않았다. LED 전구를 갈아봐도 소용이 없어서, 큰맘 먹고 리모컨으로 조종할 수 있는 새로운 전등을 설치했다. 누워서 방의 불을 끌 수 있다니, 이런 행복이 있을까. 리모컨으로는 빛의 밝기뿐만 아니라 조명의 색도 바꿀 수 있었다. 황색, 백색 그리고 미색. 황색은 지나치게 노랗고, 백색은 형광빛이 강해 눈이 피로했다. 미색이 딱 알맞았다.

　……미색? 그래서 미색이 뭐지? 대충 어떤 느낌인지는 알 것 같았다. 뚜렷한 채도를 가진 선명한 색은 아니지만, 지나치게 하얘서 사람을 불편하게 하는 순백색은 또 아니고, 방에 머무르는 동안 색을 의식하지 않아도 될 정도로 적당히 편안한 색이겠지. 그래서 내가 리모컨에서 미색 버튼

만 누르게 되는 거니까. 하지만 사전적 정의에 대해서는 전혀 떠오르는 바가 없었다.

국어사전에 검색해보니 미색은 아이보리색을 뜻하는 한자어였다. '쌀 미(米)', '빛 색(色)' 자를 써서 미색. 분명 아예 처음 들어보는 단어는 아니었다. 하지만 정확한 의미는 방금 알게 되었는데. 나는 왜 이 단어가 이렇게 익숙하게 느껴졌을까. 왜 모르면서도 아는 것 같지? 마치 방금 명함을 주고받았지만 어디선가 본 적이 있는 것 같은 사람을 마주했을 때처럼 석연치 않은 기분이었다. 그러나 그 사람을 붙잡고 '저희 어디서 만난 적 있죠?'라고 묻는 것은 대단히 큰 용기가 필요한 일이었고, 그런 의아함은 살다보면 곧 잊히기 마련이었다.

곧 전혀 예상치 못한 곳에서 그 이유를 알게 되었다. 새해를 맞아 다이어리를 고르다가 '미색'이라는 단어를 마주친 것이다. 나는 다이어리와 노트를 정말 좋아하는데, 특히 종이에 민감했다. 왼손잡이인 데다가 손에 땀이 쉽게 나기 때문에 잉크가 쉽게 번지는 재질은 곤란하다. 수정테이프를 자주 쓰니 흰색이 동동 뜨는 종이도 싫다. 적당히 도톰하고 매끄러우면서, 사각사각 글씨가 써지고, 빠르게 잉크가 흡수되는 종이가 좋다. 그래서 다이어리를 고를 때면 내지를 어떤 종류의 종이로 만들었는지 유심히 살펴보곤 한다. 그때 마주치는 단어가 바로 '미색 모조지'였다. 심지어 내가 가진 대부분의 노트는 미색 모조지로 되어 있었고.

다른 선택지로는 보통 백색 모조지가 있다. 주로 복사 용지에서 볼 수 있는 새하얀 색. 나는 완벽히 하얀 종이를 보면 이유 모를 두려움이 생긴다. 글을 쓰기 위해 책상 앞에 앉아서 '빈 문서'라고 이름 붙여진 한글 파일을 마주 보고 있을 때 찾아오는 현기증. 화려한 이탈리아 음식으로 플레이팅 해야만 할 것 같은 흰 접시. 그림을 그려 넣어야 하는 흰 캔버스. 나를 기다리고 있는 부담스러운 공백. 이런 것들이 늘 무섭다.

은은한 미색의 노트를 펼치면 그래도 안심이 되었다. 노랑도 하양도 아닌 단정한 색. 그곳에 좋아하는 펜을 쥐고 글씨를 써 내려가면 조금이나마 마음이 진정된다. 대단한 글을 쓰는 건 아니지만, 일기나 잡념을 손으로 꾹꾹 눌러쓰는 시간은 명상이나 수련 같기도 하고 때로는 고해성사 같았다. 이래서 전쟁이 났을 때 팔만대장경을 만들었던 걸까…… 하는 터무니없는 생각마저 들었다. 내 글씨체는 완벽하지 않고 예쁘지도 않지만 노트를 가득 채우고 나면 꾸물꾸물대는 글씨가 정직하게 모인 것이 나름 귀엽고 기특했다.

그래서 전등의 색으로 미색을 선택하게 되었는지도 모른다. 내 방을 포근한 노트의 여백처럼 만들고 싶어서. 그 안에서 맘껏 꾸물대며 뭔가를 조금씩 써보고 싶어서. 미색 조명 아래에서 미색 노트에 글을 쓰는 시간이 좋다. 어쩌면 그때만이 진정으로 평화로운 유일한 순간일지도 모른다는 이상한 생각도 든다.

빠삐용

'빠삐용' 하면 대부분의 사람들은 동명의 영화를 가장 먼저 떠올릴 것이다. 물론 나도 다르지 않다. 영화 〈빠삐용〉을 본 적은 없지만 워낙 명작으로 유명하기에 대강의 줄거리 정도는 들어본 적이 있다. 누명을 쓰고 감옥에 갇힌 한 남자가 여러 우여곡절 끝에 탈옥하는 이야기. 빠삐용은 프랑스어로 나비를 뜻하므로, 감옥에서 벗어나 자유를 찾아 훨훨 날아가는 사람의 모습과 제목이 나름 잘 어울린다고 생각했다.

두 번째 시집을 묶는 동안, 삭막한 방과 퍼덕거리는 나방의 이미지를 계속해서 떠올렸다. 나방에 대한 정보를 찾아보던 중, 새로운 사실을 알게 되었다. 프랑스어에서는 나비와 나방이 따로 구분되지 않으며 둘 다 '빠삐용'이라고 부른다는 것이다! 순간 내가 상상했던 영화의 이미지가 뒤집히는 듯한 느낌이 들었다. 잘 알지도 못하면서 영화에 덧붙인 허술한 나비의 이미지가 단번에 나방의 모습으로 뒤바뀐 것이다. 그러고 보니 나비보다는 나방이 어둡고 좁은 감옥과 어울리는 것도 같았다. 그리고 불로 뛰어드는 나방의 습성도 무모한 시도를 반복하는 헛된 정열을 더 잘 표현하는 것 같았다.

하지만 나방의 투신은 사실 거창한 결단 같은 것이 아니다. 단지 야간 비행의 경로가 인공적인 빛으로 인해 교란되어 날아갈 방향을 찾지 못했을 뿐이다. 그러니까, 내가 나비에게 부여한 자유로움도, 나방에 부여한 객기도, 사실은 인간이 제멋대로 정한 작위적인 의미 부여에 불과한 건 아닐까. 나방은 나방대로 살고, 나비는 나비대로 사는 것뿐인데. 상징이 되기 위해 존재하는 것은 아닌데.

예술 작품에서 특정한 단어나 생물의 이미지가 반복해서 등장하면 우리는 익숙하게 그것을 비유나 상징이라고 이해한다. 특히 '방'이나 '나비'는 자주 그런 방식으로 해석된다. 영화 〈빠삐용〉에서도 좁고 어두운 감옥의 독방은 인간을 파멸시키는 억압이고, 하늘로 날아오르는 나비는 자유를 의미한다고 해석할 수도 있을 것이다. 윤동주 시에서 '방'은 반성하는 자아의 내면적 공간이고,

김기림 시에서 '나비'는 냉혹한 문명에 좌절하는 지식인이라는 식의 해석처럼 말이다. 이런 설명이 틀렸다고 이야기하려는 건 아니다. 오히려 필요하다고 생각한다. 하지만 종종 그런 방식의 독해가 불만스러웠다. 방과 나비가 거대한 의미를 전달하기 위한 보조관념에 불과하다면, 시에서 등장하는 방의 풍경과 나비의 모습은 어떻게 되는 거지? 방과 나비는 무언가를 지시하고 사라져 버리는 걸까? 나비와 방을 그냥 내버려두면 안 되는 걸까? 글자 그대로, 방은 방이고 나비는 나비라고 읽을 수는 없을까?

나는 시에 등장하는 존재들을 보조관념으로 남겨두고 싶지 않았다. 관념적인 대상의 상징이나 비유가 아닌, 진짜 나방과 진짜 방에 대해 쓰고 싶었다. 자연광이 비치는 아름다운 침실이 아니라, 벽지가 타르로 얼룩진 모텔 403호실의 메마른 풍경에 대해. 생생하고 구체적으로 파닥거리며 더듬이를 꿈틀대는 현실 속 곤충에 대해 말이다. 자세히 들여다볼수록 끔찍한 빠삐용. 하지만 통통한 몸통이 귀엽기도 한 빠삐용. 거대한 날개를 파르르 떨며 빙빙 도는 징그러운 빠삐용. 나는 그런 나방이, 그런 빠삐용이 좋았다.

하지만 묘사를 통해 시 속에 박제된 나방도 관념의 산물인 것은 마찬가지였다. 거대한 나방을 빠삐용이라고 부르며 쓰다듬는 것도, 어쩔 수 없이 나의 의미 부여를 거쳐 가기에. 모텔과 나방에 관한 연작을 완성하고 얼마 지나지 않아, 아파트 현관에 붙어 있던 커다란 나방과 눈이 마주친 적이 있다. 징그럽고 섬뜩했다. 좋아한다고 말할 수 없었다. 그러니까 내가 원하는 것은…… 관념 속의 나방. 괜히 빠삐용이라 불러보고 싶은 낯선 생물. 정작 내 방 안에 들어온 나방은 죽이고 싶고, 나에게는 많은 것이 그렇다.

것

글을 쓸 때마다 무의식적으로 '것'을 연달아 쓰게 된다. 빠르게 문장을 적어 내려가다 문득 정신을 차리면 '것'을 남발하고 있는 나를 발견한다. 그런 것을 떠올리는 것이 나에게는 중요한 것이었던 것이다. 아마 그것이야말로 이 세상에 존재하는 것 중에 내가 가장 사랑하는 것이다. 이런 문장들이 곳곳에서 튀어나오고, 대부분은 글을 다듬는 과정에서 사라진다.

'것'은 의존명사다. 의존명사는 하나의 단어이기 때문에 띄어 쓰지만, 형식적인 의미만을 가지고 있어 반드시 앞에 자신을 수식해주는 단어가 필요하다. 의존한다는 것은 자립하지 못한다는 것. 자신을 완성시켜줄 누군가가 꼭 필요하다는 것. 타자가 필요하다는 것. 혼자서는 비어 있다는 것. 미완성이라는 것. 것 앞에는 늘 커다란 괄호가 있다. 그 빈칸이 채워지지 않으면 무엇도 설명하지 못하는 것. 의미 없이 형식만 덩그러니 남아 있는 것. 그런 외롭고 쓸쓸한 것. 지나친 과장 같기는 하지만, 나는 '것'을 생각하면 슬프다.

다른 단어를 덧붙여야만 제 기능을 할 수 있다는 점에서 '것'은 문장완성검사와 비슷했다. 문장완성검사란 말 그대로 미완성의 문장을 완성하는 심리검사다. 문장 뒤에는 긴 빈칸이 있는데, 여기에 어떤 단어를 채워 넣었는지를 통해서 그 사람이 겪고 있는 문제나 삶의 태도 등을 이해할 수 있다고 한다. 매우 많은 항목은 주로 가족, 미래, 감정처럼 삶에서 중요한 역할을 하는 대상들에 대해 어떤 생각을 가지고 있는지 물어본다.

나는 (   ).
내 미래는 (   ).

스물두 살 무렵, 대학교의 심리 상담 센터에서 처음으로 문장완성검사를 했다. 당시 3학년이었던 나는 취업을 하겠다는 진로 계획도, 전공에 대한 열정이나 꿈도 없이 몸만 왔다 갔다 하며 학교에 다녔다. 지각과 결석을 밥 먹듯이 하면서 정작 밥은 제대로 안 먹었고, 잠을 줄여가며 술을 마시고 기억을 잃기를 반복했다. 친구들의 연락을 무시하고, 아르바이트를 멋대로 관두고, 과제를 제출하지 않고, 교수님의 메일에 답장하지 않고, 가족의 걱정을 흘려듣는 날의 연속. 결국 학사 경고를 받기에 이르자, 이대로는 도저히 안 되겠다는 생각이 들었다. 그렇게 상담을 신청하고, 심리검사를 받게 되었다. 막상 좁은 상담실에 혼자 남겨져 오십 개의 텅 빈 문장을 채워 넣으려 하니 막막했다. 나는…… 뭐지? 나는…… 유선혜인데. 이런 맥 빠지는 생각만 떠올랐다.

결국 '잘 모르겠다'는 말을 가장 많이 썼던 것 같다. 그때는 정말 아무것도 알 수가 없었다. 나 자신에 대해서도, 우정과 가족에 대해서도, 나의 공포와 행복에 대해서도. 특히 미래를 생각하면 뿌옇게 김이 서린 안경을 끼고 한겨울의 밤거리를 걷는 기분이었다. 작은 자취방에 누워 잡다한 책만 읽던 스물두 살의 나는 가까운 미래에 시인이 된다거나 책을 쓴다거나 문학을 공부하게 될 것이라고는 상상도 하지 못했으니. 미래가 내 선택에 달려 있다는 말이 무서웠고, 내게 주어진 무한한 자유가 나를 망치고 있다고 생각했다. 그러니까, 내 삶이 전부 나에게 달려 있다고……? 그 아득한 자유를 감당할 능력이 스물두 살의 나에게는 없었다.

그때는 '모르겠다'로 도배된 문장완성검사지가 곧 나의 현실 같았고, 내 삶이 어떤 단어로 채워야 할지 알 수 없는 무수한 괄호들로 이루어진 것 같았다. 영원히 미완의 상태로 남을지도 모르는 무의미한 형식. 그래서 내가 '것'을 떠올릴 때마다 과한 슬픔을 느끼곤 했던 걸까? 늘 다른 단어를 기다리는 것이 내 모습처럼 느껴져서. 영영 완성되지 않을 내 미래 같아서. 끝내 빈칸을 채우지 못해 일인분의 몫을 견디지 못하는 의존명사로 남을까 두려워서. 그래서 내가 글을 쓰는 것일까? 미완성인 문장과 까마득한 괄호에 어울리는 의미를 발견하기 위해서. '것' 앞에 들어갈 단 하나의 단어를 찾아 헤매려고. 그래서 나는 '것'에 관해 쓰는 것일까?

정 수 윤

루루
루리
가차
게사니
유카르

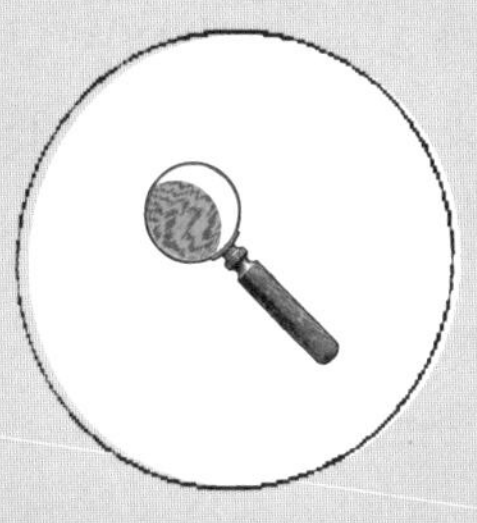

이름에 있는 닦을 수(修) 자처럼 끊임없이 갈고닦는 번역가. '루리'의 빛도 닦기 나름이라 수행하는 마음으로 노력하지만, 어떤 날에는 '가차' '가차' 하며 울고 싶다. 자기가 원하는 것을 원하는 방식으로 쓸 수 있다는 건 세상 그 무엇보다 값지다. 이를 알려준 '게사니'처럼 목청을 높이며 나의 언어, 나의 문장을 기억하려 한다. 그러니까 사라져가는 '유카르' 계승자가 되어 노래하고 싶어진다는 것. 새로운 소설을 쓸 준비가 되었다는 것. 이제 행운의 주문을 외울 차례다. '루루' '루루'.

루루

지난가을, 자동차를 빌려 타고 홋카이도 중부를 빙그르르 도는 여행을 떠났다가 대자연이 아름다운 후라노에서 어느 카레 가게에 들어갔다. 숲의 요정이 나올 것만 같은 오두막집이었는데 2층에 올라가 나무로 된 창살 너머로 쏟아지는 빛에 여행길의 노곤함을 풀고 있을 때, 김이 모락모락 나는 카레 접시를 들고 계단을 올라온 청년이 말했다.

"밥이 남으면 소스는 얼마든지 더 드립니다. 접시를 들고 1층으로 내려와서 우리끼리의 아이코토바 '루루~ 루루~'를 외쳐주세요."

'아이코토바(合い言葉)'란 일본어로 암호나 표어를 뜻하는데, 서로 마음을 맞춰서 같이 뭘 한다는 뜻을 가진 '아이(合い)'와 말을 뜻하는 '고토바(言葉)'가 붙어 너와 내가 같은 뜻을 지칭하기로 마음을 맞춘 말이라는 의미이다. 우리끼리만 아는 약속의 말. 하긴 우리가 쓰는 언어 자체가 하나의 거대한 약속이자 암호이지만.

일본어에는 사랑이라는 뜻의 '아이(愛)'도 있고 만남이라는 뜻의 '아이(會い)'도 있고 사이라는 뜻의 '아이다(間)'도 있고 또 오래전 홋카이도와 사할린, 쿠릴열도에 살았던 선주민 아이누도 있다. 아이누어로 아이누는 사람을 뜻한다. 한글로도 따뜻하고 귀여운 아이라는 발음이 바다 건너 다른 언어를 쓰는 사람들 입에서 나오는 걸 들으면, 가까이 사는 사람들 사이에 언어의 느슨한 유대가 있음을 느낀다. 사람과 사람 사이에 만남도 있고 사랑도 있고 함께하면서 아이가 생기기도 하니까.

아무튼 이 가게는 인근에서 갓 수확한 채소와 그 지역 농장에서 만든 고기를 넣은 카레도 맛있었지만, '루루'라는 암호가 귀여워서 밥을 먹으면서도 밥을 다 먹고 난 후에도 입가에 슬금슬금 미소가 번졌다. 여행의 동반자였던 어머니도 소꿉장난 같은 이 소소한 규칙이 재미있었는지 밥이 남은 접시를 들고 신이 나서 혼자 일어섰다. "혼자 내려갈 수 있겠어?" "그럼, 당연하지." 카레 국물이 한가득 담긴 접시를 들고 온 어머니에게 내가 물었다. "가서 뭐라고 했어?" "루루 했지." "루루 했더니?" "웃으면서 한 국자 가득 퍼주더라."

새로 받아온 따끈따끈한 소스를 남은 밥에 골고루 비비는 어머니의 입꼬리가 올라가는 건 카레가 맛있어서일까, 이국에서 내뱉은 요정의 말이 통한 게 즐거워서일까. 분명 둘 다이겠지.

여행을 마치고 집에 와서도 나는 종종 루루가 떠올라 입속말로 혼자 중얼거린다. 어, 저 마을버스 타야 하는데. 막 출발한 버스 뒤꽁무니가 야속할 때도, 루루. 괜찮아, 오히려 잘 됐어, 기다리는 사이에 내가 보고 싶은 강아지들이 지나갈 거야, 루루. 누군가가 날 속상하게 하는 말을 할 때도, 루루. 어머, 저 사람은 나랑 생각이 완전히 다르네. 나쁜 말 미운 말 싫은 말이여, 훠이 훠이 날아가서 다시는 이리로 오지 말아라, 루루. 기다리는 전화가 걸려 오지 않을 때도, 루루. 언젠가 때가 되면 전화벨이 울리겠지, 루루. 뭐 안 울리면 또 어때, 나는 나대로 나의 하루에 맛있는 소스를 한 국자 듬뿍 뿌려주자, 루루~ 루루~.

어느 틈엔가 루루는 내 안에서 '그저 원하는 대로 이루어져라'라는 주문이 되었다. 내 마음에 평화를 가져다주는 주문이다. 어디 보자, 지금 나의 소원은…… 루루. 부디 지금 착상 단계인 단편소설이 내 영혼에 잘 뿌리내려 아름다운 작품이 나

올 수 있기를, 루루. 어릴 때부터 쭉 기다려오던
바로 그런 소설이 될 수 있기를, 루루. 루루.

정수윤

루리

처음 일본어를 배울 때 내게로 온 단어이니, '루
리(瑠璃)'가 내 몸에 들어와 뿌리내린 지 30년 가
까이 되었겠다. 그러고 보니 성인이 된 후 언제나
나와 함께한 단어다. 이 단어를 발견했을 때 심장
이 두근거리고 머리에서 알 수 없는 희열이 솟구
치며 어떤 운명까지 느꼈기에, 훗날 이메일 주소
에 'ruri'를 여러 개 넣어 만들었을 정도다. 지금
도 쓰고 있는데 아마도 죽을 때까지 쓰겠지. 이메
일은 거의 매일 아침저녁으로 열어보니까 루리라
는 단어는 어쩌면 내 이름보다 더 자주 보고 쓰는
것 같다.

　열아홉 살 무렵, 나는 일본어 사전을 들여다보
다가 우연히 이런 속담을 발견했다.

　루리의 빛도 닦기 나름

　울림이 즐거웠다. 루리의 색감은 깊고 푸른 바

다와 같은 짙은 블루. 말하자면 심해의 색이다. 태양 아래 반짝이는 망망대해로 풍덩 뛰어들었을 때 눈에 들어오는 색이랄까. 일본어 루리는 코발트블루를 띠는 아주 오래된 보석 이름인데, 원래 산스크리트어 ‘바이두리야(vaiḍūrya)’가 중국으로 건너가 축약되면서 두리야를 한자로 음차하여 중국어 ‘류우리(瑠璃)’로 번역되었고, 이 한자가 그대로 한국과 일본에 전해졌다. 한국어로 읽으면 유리, 일본어로 읽으면 루리가 된다. 이 신비로운 파란 보석은 불교 경전에 나오는 극락정토를 꾸미는 칠보, 즉 일곱 가지 보물 가운데 하나로 부처님과도 인연이 깊다. 바다처럼 깊디깊은 지혜를 상징하는 보석이다.

영어명 ‘라피스라줄리(Lapis Lazuli)’도 국립국어원 표준국어대사전에 이름이 올라와 있다. ‘라피스’는 라틴어로 ‘돌’이라는 뜻이고 ‘라줄리’는 페르시아어로 ‘푸른 하늘색’을 뜻하는 ‘라즈바르드(lāžward)’에서 유래했다. 문자 그대로 해석하면 파란빛을 띠는 돌이다. 이 돌은 기원전 4000년경 메소포타미아에 등장했다고 알려져 있으니, 동서양 인류의 역사에 뿌리 깊게 박힌 돌임이 틀림없다.

일본 속담 '루리의 빛도 닦기 나름'이라는 말은 '바다처럼 파랗게 빛나는 보석 루리가 아름다운 것도 정성껏 공들여 닦아주었기 때문이며, 이와 마찬가지로 인간도 아무리 훌륭한 자질이나 재능이 있다고 해도 매일매일 거듭하는 노력을 거쳐 수행하지 않으면 그 빛이 퇴색한다'라는 뜻이다.

그렇구나! 이 뜻을 알고 나는 곧바로 나의 이름이 떠올랐다. 내 이름에 들어간 수(修)는 갈고닦는다는 뜻이다. 다자이 오사무의 본명 '쓰시마 슈지(津島 修治)'에도 들어 있는 한자다. 그래서 나는 남몰래 그 남자에게서 나와의 공통점을 느끼곤 하는데 슈지가 어릴 때 자기 이름을 열 번이고 스무 번이고 마구 갈긴 공책을 들여다보며 이런 것마저 나랑 비슷하네, 생각하고는 했다. 이름에 '닦을 수(修)'가 들어가면 인생에서 끊임없이 자신을 갈고닦으며 살아가게 된다는 속설을 어디선가 본 적이 있다. 오, 아버지. 그리하여 당신은 당신 딸이 평생토록 수련(修練), 수행(修行), 수양(修養)하며 살라고 제 이름에 '닦을 수(修)'를 넣어주신 건가요.

나의 아버지는 내가 아주 어릴 때 돌아가셔서, 나는 살면서 한 번도 아버지라는 존재와 대화를 나눠볼 기회가 없었다. 단 한마디라도, 단 한 단어라도, 나에게 남긴 말이 있었더라면 좋았을 텐데…… 없었다. 내게는 나의 이름이 아버지가 남긴 유일한 말인 셈이다. 나의 아버지가 갓 태어난 나에게 지어주었다는 그 이름. 열아홉 살의 나는 무슨 암호라도 풀 듯이 내 이름의 의미를 더듬더듬 찾아 헤매고 있었다. 흰 종이에 반복해서 써보기도 하면서. 修, 修, 修修, 修修修.

그러다가 루리를 발견했다. 루리의 빛도 닦기 나름. 나도 닦으면, 열심히 갈고닦으면, 빛이 날까, 반짝일까. 내가 앞으로 살면서 무엇을 하게 될지, 어떤 인생을 살게 될지, 전혀 알 수 없었지만, 나도 빛나고 싶었다. 어둠 속에서도, 아무도 들여다보지 않는 책상 서랍 속에서라도, 빛이 날 수 있다면. 그렇다면 나는 행복해질까. 미래의 나를 도무지 가늠할 수 없어 답답하던 시기였다. 높고 가파른 산꼭대기와도 같은 물상이 떠오르는 '높을 윤(阮)'까지 더해져 수윤(修阮)이라는 내 이름은 그야말로 높은 곳에서 수행하는 비구니의 삶과 다름없는 형국이지만, 무언가를 열심히 갈고닦으며 산을 올라 품성과 지식과 지혜가 스스로 깨달을 수 있는 가장 높은 경지까지 올라간다면…….

그렇게만 된다면 더 바랄 게 없겠다는 생각이 들었다. 나에게 그만큼 큰 생의 가치는 없다는 걸, 나는 그때 깨달았다. 그리하여 내가 깊고 푸른 바다와 같은 '루리의 빛'을 내는 사람이 될 수 있다면……. 아버지가 기대했든 하지 않았든 나는 심해의 빛, 지혜의 빛을 내는 사람이 되어보기로 마음먹었고, 그것은 인생의 빛과 같은 결심이었다. 자욱한 안개에 가려져 보이지 않던 길이 희미하게 눈앞에 드러나는 기분이었다. 루리는 방황하던 나에게 암시를 준 단어였다. 내가 누구인지, 앞으로 어떻게 살아야 하는지에 대한 암시를.

이름은, 이름을 붙인다는 것은, 특별한 의미를 지닌다. 어떤 존재가 언어라는 상징을 통해서 모두와 함께 약속되는 순간이다. 그 모두란 시간과 공간을 초월하여 존재하는 사람들이고, 나에게 이름이 붙는다는 것은 그 무한한 사람들로부터 내가 특정되는 일이다. 그들이 나의 이름을 부를 때, 그들이 내 이름의 뜻을 알든 모르든 나는 내 이름이 품고 있는 힘의 파장을 받게 된다. 나의 이름이 불릴 때마다 나는 그 이름으로부터 힘을 얻는다. 누군가가 나의 이름을 기억하고, 떠올리고, 말하고, 쓰고, 부를 때마다 나는 스스로 갈고닦고

자 하는 열망이 조금씩 더해진다고 믿는다. 그렇게 심해를 닮은 지혜의 등불로 다가간다. 그것이 내 삶의 항로이다. 나로서는 그런 삶의 자세가 가장 편안하고 즐겁다.

낱말이라는 것도, 인간이 이름 붙인 약속의 산물들이다. 사전 속에는 수천 년 세월 동안 수없이 많은 사람이 이름 붙인 약속이 있다. 별에는 별이라는 이름을 붙이고, 돌에는 돌이라는 이름을 붙이며, 물과 불에는 물과 불이라는 이름을 붙인 사람들의 얼굴을 떠올려본다. 아마도 검은 머리칼에 검은 눈동자를 가진, 우리와 닮은 사람들이었겠지. 우리말을 쓸 때마다 그 말을 만든 사람들의 존재가 느껴진다. 이웃 나라의 말을 쓸 때도 마찬가지다. 말로써 이름을 약속하고, 그것을 문자로 만들어 기록한, 그 수많은 사람과 우리는 늘 함께 산다. 어쩌면 영원히 산다. 그 말과 문자가 소멸할 때까지. 내가 아버지가 붙여준 이름에서 인생의 길을 찾은 것처럼, 우리를 둘러싼 셀 수 없이 많은 사물과 현상과 인간의 이름 속에는 저마다의 길과 빛과 역사가 있다는 사실. 그것이 새삼 든든하다.

가차

한 단어를 번역하는 데 석 달이 넘게 걸렸다고 하면 사람들은 믿을까. 구십 일 내내 하루 종일 그 단어만 생각한 건 아니지만, 아무리 애를 써도 열리지 않는 조개처럼 입을 꽉 다물고 부드러운 속살의 뜻을 결단코 알려주지 않겠다고 각오한 듯 보이는 단어와 부딪히면 '이제 큰일 났다' 싶다. 마감 맞추기는 글렀네.

'가차'도 그런 단어였다. 이 사전 저 사전을 찾아봐도, 야후 재팬이나 구글 같은 포털 사이트를 탈탈 뒤져도, 일본어 가차가 무슨 뜻인지 도무지 알 수 없었다. 일본 문학 번역 일을 막 시작한 무렵이었다. 누구나 그러듯 그 시절의 나 역시 서툴렀다. 이런 상황이 익숙하지 않아 당황했다. 어떡하지. 이 단어의 뜻을 영영 모르면 어떡하지. 영영까지는 아니더라도 책이 나오고 나서야 엉뚱한 단어로 오역했음을 알게 되면 어떡하지. 시와 소설의 번역은 이런 두려움의 연속이라는 걸 그땐 아직 몰랐다.

‘나는 점점 더 외로워져서 가차, 가차, 하고 울었다.’

원문은 이런 문장이었다. 꽤 유명한 작가여서 국립중앙도서관에 갔더니 이미 여러 출판사의 번역본이 있었다. 있는 대로 다 꺼내 그 부분을 펼쳐보았지만, 날 이해시킬 만한 번역은 없었다. 일본어 소리 그대로 “가차, 가차, 하고 울었다”라고 번역한 책도 있었다. 오죽 답답했으면 그랬을까. 엉엉이나 훌쩍훌쩍 같은 울음 의성어로 번역하고 싶다는 유혹이 강하게 들었다.

‘나는 점점 더 외로워져서 엉엉 울었다.’

‘나는 점점 더 외로워져서 훌쩍훌쩍 울었다.

이렇게 번역할 수 있다면 얼마나 좋을까! 번역하는 데 일 초도 걸리지 않겠지. 하지만 ‘와이와이(엉엉)’나 ‘시쿠시쿠(훌쩍훌쩍)’가 아니다. ‘가차가차’인 것이다. 일본어에는 가차가차라는 의성어도 있었다. 단단한 물건이나 쇠붙이가 부딪혀 나는 소리인 딸그락딸그락, 짤그랑짤그랑이다.

‘나는 점점 더 외로워져서 딸그락딸그락 울었다.

‘나는 점점 더 외로워져서 짤그랑짤그랑 울었다.’

작가가 정말 이렇게 썼을까? 왜 너무 울어서 목

이 쉬면 목청이 둔탁해지면서 쇠붙이 같은 느낌이 들 때가 있지 않나. 그래, 문학이니까, 문학적 허용이라는 말도 있으니까. 울음소리가 동전처럼 짤그랑짤그랑 울린다고 해서 문제될 건 없다. 실제로 이렇게 번역한 책도 있었던 걸로 기억한다. 하지만 나는 영 석연치가 않았다. 뭐라고 딱 잘라 말할 순 없어도 그건 그냥 그 작가의 스타일이 아니었다. 그렇게 한 달이 가고 두 달이 갔다.

가차는 점점 더 내 마음을 짓누르기 시작했다. 밥을 먹어도 가차가 목에 걸린다. 영화관에 가도 가차가 눈에 어른거린다. 길을 가다가 애들 우는 소리가 들리면 예사로 넘기지 못하고 귀를 기울였다. 저것이 쇠붙이 긁히는 소리인가 아닌가. 왜냐하면 소설 속에서 눈물을 흘린 존재는 너덧 살 되는 어린아이였기 때문이다. 저 아이의 우는 소리를, 외롭고 서러워서 엉엉 우는 저 소리를, 작가는 뭐라고 생각하고 가차, 가차, 하고 울었다고 썼을까. 아, 미치겠네. 울고 싶다. 가차, 가차, 가차…….

이미 무덤에 들어간 작가를 살려내 물어보고 싶을 정도였다. 이봐, 대체 무슨 생각으로 그 단어를 쓴 거지. 말해, 말해줘, 제발…… 말해줘…….

광목옷을 두르고 잿빛 허리띠를 맨 채 꿈에 나타난 작가는 내 등 뒤에 앉아 소리 없이 웃기만 했다. 부드러운 목련꽃 같은 미소였다.

결국 그것은 의성어도 아니고 의태어도 아니었다. 그저 사투리였다. 엄마, 엄마, 하고 엄마를 부르는. 엄마를 뜻하는 오카아상을 일본에서는 흔히들 카짱이라고 줄여서 말하는데, 주인공 아이가 사는 시골에서는 카짱을 가차라고 했다. 한국어로 치면 엄니, 어무이, 오마니, 오매, 어멍 정도……. 드디어 정답을 알았을 때, 나는 진짜 엄마, 엄마, 하며 목놓아 울고 싶었다. 너무 후련해서. 너무 기뻐서. 내가 살면서 번역했던 수많은 페이지 가운데 가차의 발견은 단연 가장 뿌듯하고 만족스러운 지점이다.

모든 일이 그렇지만, 정답을 알고 나면 이렇게 쉬운 걸 왜 몰랐을까 싶다. 혹시 사투리가 아닌가 하는 의문이 생겨서 찾아본 작가의 고향 방언사전에서 가차를 발견한 것이 석 달쯤 지나서다. 아, 어째서 그동안 이걸 깨닫지 못했을까. 실제로 나중에 다른 지방에 사는 일본 친구에게 물어봤을 때, "응, 그건 꽤 쉬운 축에 속하는데. 가차가 사투리로 엄마일 수 있다는 건" 하는 대답이 돌아와서 김이 빠졌다. 진작 너한테 물어볼걸.

번역가는 의외로 인적 네트워크가 굉장히 중요한 직업이다. 특히 지역 토박이로 살면서 사투리를 잘 다루는 사람들은 그곳이 어디든 정말이지 소중한 존재가 아닐 수 없다. 일본에서 한국문학을 번역하는 사이토 마리코 선생도 한강 작가의 《작별하지 않는다》에 나오는 제주도 사투리를 오키나와 사투리로 번역하기 위해 사투를 벌인 이야기를 내게 들려준 적이 있다. 직접 제주도도 찾아가고 오키나와에 사는 지인에게 도움을 청해 번역을 부탁하기도 하면서 시간과 돈과 노력을 아끼지 않았지만, 결국 제주 말을 오키나와 말로 완벽하게 번역하는 데에는 실패했다고 고백했다. 한강이 노벨문학상을 받기 전 이야기다. 번역가 본인은 실패했다고 말했지만, 사이토 마리코 선생은 《작별하지 않는다》 번역으로 요미우리 문학상과 이노우에 야스시 기념문화상을 받았을 정도로 일본 내에서 문학적으로도 인정받았다. 완벽이란, 완벽에 다가가기 위한 계속된 실패다.

돌이켜보면 책을 만드는 나의 자세는, 가차 이전과 이후로 나뉘는 것 같다. 다른 사람은 몰라도 나에게는 하나의 큰 사건이었다. 번역한다는 건,

책을 읽는다는 건, 나의 문화와 다른 문화의 거대한 충돌이다. 그들의 것이 튀어나오고, 나의 것이 끄집어내진다. 그들의 것을 받아들이고 나의 것을 내어놓는 과정이 번역이자 독서다. 거기에는 수많은 세부가 있으며 나는 그것을 모두 다 알 수는 없을지도 모른다. 그저 먼지만큼 작은 먹잇감을 등에 지고 한 발 한 발 나아가는 개미처럼 한 단어 한 단어 어깨에 짊어지고 오늘도 이곳에서 저곳으로 발걸음을 옮길 뿐이다.

겸손한 마음가짐. 쉽게 결정하고 쉽게 판단하지 않기. 확실하다고 생각했던 것도 의심하고 또 의심하기. 계속해서 두드려보는 돌다리. 귀를 열고 마음을 열고 할 수 있는 한 완벽의 가장 가까운 곳까지 다가간다. 비록 실패할지라도 계속해서 나아간다. 가차가 사투리일지도 모른다는 의심, 그런 마음이 들 때까지 그냥 놔두는 시간도 필요하다. 편집자님에게 몇 통의 사과 메일을 보내야겠지만.

죄송하지만 마감일을 조금만 더 연기해주실 수 없을까요?

게사니

"야, 너는 무슨 '게사니' 목청을 그리 내니? 시끄러워서 골이 다 흔들린다."

몇 해 전 여름. 북에서 넘어온 친구들과 북한강으로 물놀이하러 갔을 때, 털털한 성격의 양강도 출신 여자애가 자기 친구한테 그렇게 말하는 걸 듣고 내가 깜짝 놀라 물었다.

"잠깐만, 너 방금 뭐라고 했어? 게…… 뭐?"

"게사니요?"

"어, 게사니. 그게 무슨 말이야?"

난생처음 들어보는 단어였다.

"언니는 참, 게사니도 몰라요? 얘들아, 게사니가 여기 말로 뭐지?"

"아, 뭐더라, 오리도 아니고, 그 비슷한 건데……."

게사니는 북한 표준어로 우리말 거위를 뜻한다. 북한에서 거위는 사람 몸속에 기생하는 회충이다. 거위 병이라고 하면 회충으로 배가 아픈 거다. 윗동네 국어사전인 조선말대사전에서는 게사니를 이렇게 설명한다.

"집에서 기르는 날짐승의 한가지로 오리와 비슷하지만 덩치가 크고 이마가 혹 모양으로 두드러졌으며 목이 매우 길고 가슴이 넓다. 날지는 못하고 헤엄을 잘 친다. 고기와 알을 먹는다."

북한에서는 개보다 게사니가 집을 더 잘 지킨다고 마당에 풀어놓고 키운다고 하니 그 목청이 얼마나 대단할지 상상이 간다. 관용구인 '게사니 목청을 내다', '게사니 소리를 지르다'라는 말도 북한에서는 자주 쓴다. 거위가 목청을 높여 꽥꽥 소리를 지르는 것처럼 시끄럽게 자기주장을 하고 자기 소리를 낸다는 뜻이다.

나는 그런 게사니라는 단어가 마음에 들었다. 어쩐지 귀엽고 그리운, 그러면서 조금은 무섭고 당찬 이미지. 지난 세월 동안 우리와 단절되어온 저 땅에서 내가 모르는 어원을 가진, 그러나 내가 아는 한글로 된 이름 게사니가 있다. 그리고 그 녀석이 마당을 활개 치고 다니며 마구 시끄럽게 소리를 지르는 모습까지도, 그 모습을 본 사람들이 시끄러운 사람한테 너 참 게사니 같다고 묘사하는 버릇까지도, 나는 마음에 들었다.

그래서 나중에 북에서 온 친구들과 책을 읽는

동아리를 시작했을 때, 저마다 자기가 짓고 싶은 이름을 하나씩 가져와 제안하는 자리에서 나는 '게사니 북클럽'이라는 이름을 내놨다. 남쪽 애들은 게사니가 뭐야? 하는 반응이었고 북쪽 애들은 게사니 같은 게 책이랑 무슨 상관이냐는 반응이었다.

"책이란 건 자기 생각이나 주장을 글자로 소리쳐 말하는 거잖아. 게사니 알지? 거위를 뜻하는 북한 말. (아는 척하며) 게사니가 목청이 얼마나 좋은지 저쪽에선 시끄러운 사람한테 게사니 목청 낸다, 게사니 소리 지른다고 한대. 우리도 책을 읽고 저마다 자기 생각을 게사니처럼 꽥꽥 소리쳐 보자고. 어때, 괜찮지? 괜찮지!"

열댓 명의 투표를 통해 무난히 '게사니 북클럽'이라는 이름이 통과되었고, 우리는 한 달에 한 번씩 인문서, 소설, 고전 등 다양한 책을 같이 읽고 맥주를 마시고 얼굴이 빨개져서는 다들 꽥꽥댔다.

그런데 우리가 잘 아는 시인도 게사니처럼 조금 시끄러웠던 모양이다.

다만 한 사람 목이 긴 시인은 안다.
'도스토이엡흐스키'며 '조이쓰'며 누구보다도 잘

알고 일등가는 소설도 쓰지만

　아모것도 모르는 듯이 어드근한 방안에 굴어 게으르는 것을 좋아하는 그 풍속을

　사랑하는 어린것에게 엿 한 가락을 아끼고 위하는 안해에겐 해진 옷을 입히면서도

　마음이 가난한 낯설은 사람에게 수백냥 돈을 거저 주는 그 인정을 그리고 또 그 말을

　사람은 모든 것을 다 잃어버리고 넋 하나를 얻는다는 크나큰 그 말을

　그 멀은 눈물의 또 볕살의 나라에서
　이 세상에 나들이를 온 사람이여
　이 목이 긴 시인이 또 게사니처럼 떠든다고
　당신은 쓸쓸히 웃으며 바독판을 당기는구려

　백석의 시 〈허준〉의 한 구절이다. 백석과 절친했던 허준이라는 사람. 우리는 잘 모르는 인물이지만, 소설가로 활동하다가 해방 이후 북에 남았다. "그 맑고 거룩한 눈물의 나라에서 온 사람이여 / 그 따사하고 살틀한 볕살의 나라에서 온 사람이여"로 시작해서 위와 같이 끝나는 한 편의 시가 시간이라는 먼지로 덮인 쓸쓸한 인물화 같다.

백석에게 왜 그리 게사니처럼 떠드냐고 말하며 웃던 사람이 시 속에 살아 있다.

　해방 전 그토록 토속적이고 정겨운 우리말로 아름다운 시들을 남겼던 목이 긴 게사니 시인 백석도, 해방 후에는 소련의 혁명가 시집을 번역하거나 김일성 찬양 시를 쓰는 데 그치고 말았다. 경직된 체재 안에서 힘에 굴복하는 형태로는 뛰어난 예술가의 재능도 소멸하고 만다. 출판된 것 외에 백석이 북에서 남긴 모든 습작 원고는 불쏘시개가 되어 사라졌다고 하니, 재가 되어 사라진 시인의 언어가 안타깝기만 하다. 다만 백석이 게사니처럼 자유롭게 떠들며 시를 쓰던 시절의 언어만큼은 남아 있는 시들로 짐작해볼 수 있다. 무엇이든 자기가 원하는 것을 원하는 방식으로 쓸 수 있다는 건 세상 그 무엇보다 값지다. 자기의 문장을 잃지 않을 것. 자기의 언어를 기억할 것. 게사니는 나에게 그런 의미를 주는 단어로 내 곁에 있다.

유카르

그 땅은 한 해 동안 겨울이 반년 넘게 지속되었다고 한다. 눈이 푹푹 쌓이기 시작하면 지붕까지 다 잠기었다고 한다. 그런 땅에서 신과 함께 살았던 선주민 아이누에게는 문자가 없었다. 대신 '유카르(Yukar)'가 있었다. 입에서 입으로 전해지던 노래다. 바람과도 같은 시. 구비문학.

유카르는 아이누 말로 '모방하다', '흉내 내다'는 뜻을 어원으로 둔 아이누 고유의 문학이자 장편 서사시다. 아이누 사람들은 말로써 신의 언행이나 형상을 흉내 내어 이야기를 완성했다. 그들은 문자가 없었기에 그 내용을 기록할 수 없었고 당연히 책도 존재하지 않았다. 유카르를 노래하고 계승하는 전승자의 입속에만 살아 있었다. 나는 그들이 그 수많은 이야기를 모두 외워서 기억하고 있었다는 사실에 가벼운 흥분을 느낀다. 인간은 의외로 입으로도 많은 것을 외워서 전파할 수 있다. 유카르 전승자들은 그 존재 자체로 이미 여러 권의 책이었다. 그들이 입을 떼면 막 책의 첫 장을 여는 순간과 같았을 것이다.

유카르의 신들은 다양하다. 불의 신, 물의 신, 거미 신, 곰 신, 범고래 신, 여우 신, 뻐꾸기 신, 까마귀 신, 올빼미 신, 나무 신, 송진 신, 천둥 신, 사냥의 여신, 가정 수호신, 부엌의 신, 변소의 신……. 아이누에게 우주와 자연과 삶과 생활은 신을 모방한 형상과도 같았다. 홋카이도 땅에 유카르라는 구비문학이 존재했다는 사실은 유카르 전승자로부터 소리를 녹음하여 이를 기록하고 책으로 발행한 일본 학자들을 통해 세상에 알려졌고, 오늘날 여러 언어로 번역되었다. 우리말 역서로는 구보데라 이쓰히코가 수집한 《아이누 서사시, 신요·성전의 연구》가 있다.

유카르에는 우리가 잘 아는 이야기도 등장한다. 토끼 대장이 하루는 바닷가에서 놀다가 새끼 고래 신을 만난다. 바다를 관장하는 거북 신이 너무 무료해하니 함께 가서 술을 마시고 놀자고 유혹하는 통에 토끼가 새끼 고래를 타고 바다로 들어가니, 사실은 거북 신의 외동딸이 몹쓸 병에 걸려 토끼의 생간을 먹어야 한단다. 아이고, 저런. 진작 말씀하시지요. 제 간을 육지에 두고 왔는데……. 가서 가지고 오죠. 우리 전래 동화에 나오는 바닷속 용왕님 앞 토끼 이야기를, 아이누 아이들도 두근두근 가슴을 졸이며 들었던 거다. 약간 변형이 있기는 해도 토끼가 기지를 발휘하는 대목은 놀랄 만큼 똑같다. 우리가 모르는 까마득한 옛날부터 한반도와 홋카이도는 연결되어 있었던 걸까. 언어가 통하지도 않는데 어떻게? 아마도 그 시절, 나와 같은 직업을 가진 사람이 있었을 것으로 추측해볼 수 있다. 이쪽 말과 저쪽 말을 자기 안에서 교환시켜 서로를 이어주는 사람. 지나간 역사의 그 어느 때에, 우리는 아이누를 만나 재치 있는 언변으로 죽음을 모면한 토끼 이야기를 하며 즐거워하였던가.

이제 유카르를 전승하고 노래하는 아이누는 많이 사라졌다. 일본의 전국 유카르 경연대회 같은 행사로 경우 명맥을 유지하는 정도다. 아이누는 모닥불을 버리고 가스레인지를 선택할 수밖에 없는 시대 흐름 속에서 일본인에게 흡수되고 말았다. 하지만 나는 오래전 제국주의 일본의 식민지 시대에 가혹한 노동을 견디지 못하고 도망친 젊은 조선인 노동자를 경찰도 두려워하지 않고 자신들의 집에 숨겨주었다는 아이누 이야기를 좋아한다. 19세기 말부터 20세기 초 언저리에 그 땅에 존재했지만 널리 알려지지 못한 뜨겁고 아름답고 쓸쓸한 이야기를. 나는 마치 사라져가는 유카르 계승자처럼 노래하고 싶다. 부뚜막 여신이 재를 가득 뒤집어쓴 채 불을 피워 따뜻한 요리를 만들 듯이. 그때 흥얼흥얼 들려오는 노랫소리와 함께 내 마음에 뜨거운 불이 지펴지면 그제야 새로운 소설을 쓸 준비가 되었다는 뜻이리라.

김 서 해

겹소망

맞틈

도끼책

꿈펜티멘토

흉층

서로 다른 사람들을 잠깐이라도 같은 자리, 같은 크기, 같은 마음으로 겹쳐보려는 '겹소망'을 꿈꾸는 소설가. '도끼책'을 쥐고 깨기만 하면 새로운 담론이 범람하는 단단한 땅을 찾아다닌다. 모든 대화와 관계가 절대 메워지지 않는 '맞틈'으로 느껴지지만 불가능해도 맞물려보고 싶다. 지우고 덮어도 드러나는 게 있으므로. '꿈펜티멘토'는 그런 악몽에 시달린 날들에 달아둔 제목이다. 당신이 슬픈 사람이라면 '흉층'을 쥐어준 뒤 말해주고 싶다. 슬픔을 말하는 단어가 있을 뿐 슬픈 단어는 없다는 것을.

겹소망

무언가가 포개어져 있거나 거듭될 때 쓰는 접두사 '겹'을 좋아한다. 겹꽃, 겹날개, 겹구름, 겹글자, 겹낫표, 겹경사, 겹고통. 겹이 붙은 단어는 단숨에 복수가 된다. 우리말은 단수와 복수의 구별이 엄격하지 않고 따지자면 겹이 붙은 단어는 여전히 단수로 취급되지만 머릿속에서 겹꽃이나 겹구름을 그릴 때 우리는 단 한 장의 꽃잎이나 단 한 점의 구름을 떠올리지 않는다. 여럿이 서로서로 긴밀히 닿아 있는 모습을 생각해내고, 그 이미지 안에 흐르는 미묘한 긴장이나 속력을 느낀다. 그래서인지 겹을 붙이면 단어가 은은하게 품고 있던 고독이 축소되는 듯한 착각이 든다. 그것이 수식하는 단어가 고통일지라도 말이다.

언젠가 친구에게 겹의 의미를 설명하기 위해 두 손을 겹쳐 보인 적이 있다. 절을 할 때처럼 한쪽 손등 위에 다른 손을 반쯤 얹어 톡톡 두드리며 가려진 부분을 가리켰다. 이게 겹이야. 친구는 내 포즈를 따라해보더니 손을 겹치는 게 무언가의 연속이나 반복 또는 공유를 의미하는지 물었다. 나는 고개를 저으며 이건 그저 제스처일 뿐이라고 답했지만 가끔 그 순간을 후회한다. 아주 틀린 해석은 아니라고 말해줄걸. 손이든 뭐든 겹쳐진 것을 연속과 반복과 공유의 은유로 삼아도 좋다고 말할걸.

나는 언젠가부터 겹이 붙은 단어들을 보면 손을 생각한다. 손을 잡은 손. 맞잡지 않은, 꽉 잡지 않은, 살포시 겹쳐 잡았을 뿐인 그런 느슨한 손들. 마디와 마디 사이에서 두 배로 불어나는 온기. 각각의 몸으로 전진하는 두 갈래의 에너지. 각각의 삶에서 번성과 소실을 되풀이하는 감정들. 각각의 꿈속에 비슷한 모양으로 간직되는 기대와 신념. 그런 것들을 떠올리다보면 모든 단어 앞에 겹을 붙이고 싶어진다. 겹진실, 겹세계, 겹소망……. 진실과 세계와 소망에 대한 공동 소유와 공동 책임을 강제하는 무뢰한이 되고 싶어진다. 그래서 작가가 되었는지도 모르겠다. 겹서사의 무한 확장을 구걸하려고. 서로 다른 사람들을 잠깐이라도 같은 자리에, 같은 크기로, 같은 마음으로 겹쳐놓으려고. 같은 곳을 보고 같은 꿈을 꾸려고.

　작가에게는 가려진 진실을 찾는 탐구욕이 있고 그릇된 이치를 고치려는 교정욕이 있고 소수만 경험하는 세계를 전방위에 보여주고 싶은 노출욕이 있으며 독자로 하여금 자기와 같은 소망을 품게 만들고 싶은 지배욕도 종종 있다. 세상 그 어디에도 독자를 통제할 수 있는 힘은 없다고 믿는데도 그 지배욕을 버릴 수가 없으니 나는 태세를 바꾸고 늘 요청하듯이 쓴다. 내가 세상에 바라는 바를 당신도 함께 바라줄 수 있냐고 묻고 또 응답을 기대하며 쓴다. 그러면 가끔 독자들은 내 소망을 읽어내고 같은 소망을 약속한다. 내 소망들은 이미 수많은 이가 빌어온 염원이며, 나 역시 타인에게서 차곡차곡 건네받은 겹소망이다. 전쟁범죄와 학살이 중단되기를, 여성이 배제되거나 억압받지 않기를, 아이들이 보호받고 노인이 방치되지 않기를, 성소수자·장애인·이민자·유색인종을 향한 탄압과 차별이 사라지기를, 사법제도가 공정하고 투명하게 작동하기를, 환경 파괴와 기후 위기가 더 악화되지 않기를, 어떤 기준에 못 미치는 존재에게도 이 사회와 지구가 살 만한 곳이기를. 작가로서 이렇게 진부한 소망을 선동하는 일이 너무 보잘것없고 불필요해 보이고 또 너무 쉬워 보이기도 하지만, 겹겹이 쌓여 복수가 된, 외롭지 않은 겹소망의 탄생은 늘 상서롭다고 말하고 싶다. 이 당연한 소망들은 원하고 원해도 모자라지 않다고 말하고 싶다.

언젠가부터 나는 단어들이 부족하거나 불분명하게 느껴질 때, 어울리지 않는 자리에 있어 곧 삭제될 위기에 놓여 있을 때 앞에 겹을 달아준다. 그러면 그 단어는 더는 유일하지 않고 여분이 생긴 것처럼 보인다. 누군가가 잃어버리더라도 다른 사람에게 온전히 계승될 수 있을 것처럼 보인다. 단어 앞에 겹을 붙이면 그 단어를 훼손하지 않고 그대로 복제하여 두 사람 또는 그 이상에게 공평하게 나눠주는 기분이 든다. 겹소원, 겹슬픔, 겹유감, 겹기억, 겹설렘, 겹기회, 겹행운. 좋아하거나 원하는 것, 잊어서는 안 되는 것, 그러나 자꾸만 잊게 되는 것, 꼭 바라는 것 앞에 겹을 붙이고 가만히 지켜본다. 그 모든 것에 해당하는 '소망' 앞에 겹을 붙이고 분열하는 겹소망을 사람들에게 송부할 방법을 찾는다. 요청하듯이 쓰고 또 꿈꾸듯이 쓰면서. 길가의 겹꽃과 하늘의 겹구름을 보면서. 사람들을 만나 느슨하게 손을 겹치면서.

좋아하는 접두사가 하나 더 있다. 마주 대하고 있거나 서로 주고받을 때 쓰는 '맞'이다. 서로 엇비슷하다는 뜻을 더할 때도 쓴다. 맞각, 맞교환, 맞단추, 맞담배, 맞대결, 맞불, 맞수, 맞울림. 맞들다, 맞물다, 맞바꾸다, 맞부딪치다, 맞붙다, 맞서다. 맞으로 시작하는 단어는 셀 수 없이 많고 신조어도 많아서 누구나 즉석에서 몇 개 만들어 써도 소통에 별문제가 생기지 않을 것이다.

'맞'을 좋아하는 이유는 '겹'을 좋아하는 이유와 조금 다르다. 둘 다 단어의 이미지를 복수로 만든다는 공통점이 있지만 맞은 짝을 만드는 것뿐이지 그것들이 만나거나 무언가를 공유한다는 조건을 보장하지 않는다. 그러므로 겹을 붙일 때처럼 외로움을 덜어주는 듯한 착각이 들지 않는다. 맞은 서로 대칭을 이루기만 하면 영원히 만나지 않더라도 붙일 수 있고, 맞이 붙어도 명확히 단수인 경우가 있다. 예를 들어 거울 위에 떨어진 나뭇잎은 거울 속의 나뭇잎과 한 면을 공유한 채 완전히 '맞붙어' 있어서 맞을 붙이기에 걸맞은 모습이지만 여전히 단 한 장의 잎이다. 맞은 짝을 만들어주는데도 가끔 단어를 더 외롭게 만든다. 그 아이러니함이 좋다.

맞틈은 바로 그 어긋난 느낌을 살리기 위해, 두 가지가 서로 마주보고 있지만 맞닿지는 않는 것을 부르기 위해 만들어낸 말이다. 내 앞에도 공간이 있고, 상대의 앞에도 공간이 있어서 나와 상대가 마주 서 있어도 닿지 않는 상태를 가정해보자. 우리가 보통 '사이'라고 부르는 그 익숙하고 따분하고 빈 공간을 있는 힘껏 노려보자. 거긴 이제 공기가 공기를 문지르는 곳, 틈끼리 충돌하는 곳, 아무것도 부둥켜안을 수 없는 공동이다. 도저히 해지지 않는 영원한 에어백이다. 메신저의 대화창이 딱 그런 모습이다. 두 사람 또는 그 이상이 참여해도 화면의 왼쪽과 오른쪽에만 메시지가 정렬되고 동시에 메시지를 보내도 시스템이 기필코 시차를 적발하여 텍스트가 같은 행에 나타나지 않는다. 서로를 향해 날아가는 말풍선들은 맞틈에 가로막힌다. 어쩌면 모든 대화와 관계가 절대 메워지지 않는 맞틈을 사이에 두고 이루어지는 것이 아닌가 싶다.

사람들이 늘 자기 머릿속에서 완성된 생각을 완전하게 말하는 것도 아니고, 가진 걸 다 털어놓는 것도 아니다. 전달하는 방식도 다르고 전달에 걸리는 시간도 다르니 사람들이 서로 맞물리고 연결된다는 건 세계 어디에서나 착각 같다. 내가 이해하는 상대의 말은 내가 해석한 것이고 상대가 알아듣는 나의 말도 그가 해석한 것이다. 그게 문제라는 건 아니지만 언제나 타인의 해석본을 만나고 있다는 걸 인지해야 한다. 분명 같이 즐기거나 같이 슬퍼하며 함께 시간을 보냈는데도 미세한 시차와 왜곡된 사각을 경험하는 건 우리가 전부 맞틈 너머에 있기 때문이다. 우리가 서로 다르고 서로 이해한 모습과도 다르기 때문이다.

맞틈을 뛰어넘거나 통과하는 것이 가능할까? 언어라는 화살을 잘 조준하여 쏘면 언젠가는 자기 몫의 맞틈을 부수고 온전히 뜻을 전달할 수 있을까? 언어는 그다지 믿음직스럽지 않다. 애초에 같은 언어를 쓴다는 개념조차 착각이다. 한국어 이용자라고 해서 다 똑같은 한국어를 구사하지 않는다. 문장은 늘 의도라는 껍질을 벗는 뱀과 같고, 단어는 기억과 느낌과 인상의 덩어리에 지나지 않으니 이 화살은 필연적으로 과녁에서 벗어나고 만다. 비언어, 예술, 암호, 언어보다 단순하고 추상적인 방식이나 언어보다 정교하고 구체적인 수단을 총동원한다고 해도 본질은 늘 빗나갈 것이다. 우리의 활이, 시위를 당기면서 생기는 주먹과 주먹 사이의 공간이 바로 맞틈이자 과녁이며 우리는 살아 있는 동안 팔을 내릴 수가 없기 때문이다. 그러므로

☞ 맞틈을 인식하면 한없이 고독해진다.

　　하지만 맞틈 안에는 긴장과 존경이 있다. ☜

☞ 맞틈을 최대한 끌어안고 상대방을 향해
서 있을 때의

폭력적인 에너지와 고유한 미학을 떠올린다. ☜

☞사람들은 맞틈에 둘러싸여 있고

　　예외가 없어 영원해 보이는 그 진득한 공기
속에서 ☜

☞ 서로 아주 많은 것을 보여주고 있다고
철석같이 믿는다.

　　　　　　　　　　나는 그 착각이 좋다. ☜

　단어 앞에 맞을 달아주면 그것이 영원해지는
느낌이 든다. 가늘고 긴 화살이 행성 사이를 오가
는 우주선처럼 사람들 사이를 끊임없이 왕복하는
모습이 떠오른다. 맞이 붙은 단어에는 일정한 거
리를 유지하는 질서와 중력이 생기는 것 같다.

☞ 맞고백, 맞사랑, 맞시선, 맞빛, 맞애도…….

화살이 빗물처럼 쏟아지는 헐거운 맞틈에도. ☜

도끼책

"한 권의 책은 우리 안의 얼어붙은 바다를 깨는 도끼여야 해." 1904년 1월 27일 스물한 살의 카프카가 친구 오스카에게 보낸 편지에 적혀 있는 문장이다. 이 편지에서 카프카는 이렇게 쓴다. "나는 우리를 깨물고 찌르는, 다만 그런 책들을 읽어야 한다고 생각해. 우리가 읽는 책이 머리를 주먹으로 내리쳐 깨우지 않는다면, 도대체 무엇 때문에 그 책을 읽어야 할까? 네가 편지에 쓰고 있는 것처럼 우리를 행복하게 만들기 위해서? 맙소사, 만약 우리에게 책이 아예 없다 해도, 우리는 행복할 수는 있을 거야."

뛰어난 작가들의 글을 읽을 때면 정말로 작가가 내게 이렇게 말하는 것 같다. 네 생각은 잘못됐어, 너는 오답을 쥐고 있어, 네 머리를 벌려봐 내

• 프란츠 카프카, 전영애 옮김, 《돌연한 출발》(민음사, 2023), 32~33쪽.

주먹 같은 의심을 꽂아 넣게. 내가 믿어온 선의나 악의, 개념이나 가치를 하나하나 뒤흔들다가 결국 영혼의 일부를 파괴하는 책은 카프카가 비유한 것처럼 정말로 도끼 같아서 '도끼책'이라 불러도 손색이 없다. 도끼책들은 치유하거나 안아주지 않는다. 쾌락을 줄 수는 있지만 행복은 주지 않고 늘 확신을 빼앗는다. 무엇이 옳고 그른지 고민하게 하고 그 과정에서 커다란 고통과 깊은 고독을 안겨준다. 그러므로 도끼책을 읽으면 불행해지고, 영혼의 일부가 변형되거나 교체되면서 새로운 사람이 된다.

도끼책이라고 무조건 칭송하려는 건 아니다. 이 단어는 작가로서 반성하기 위해 만들어낸 말이고 이 글은 반성문에 가깝다.

확신을 빼앗고 고통을 주면 곧장 훌륭한 작품이 되는가? 그렇지 않다. 작가에게는 독자에게 깊은 인상을 남기고 독자의 삶을 바꿀 수도 있을 것만 같은 무시무시한 도끼책을 쓰고 싶은 욕망이 있을 것이다. 그러나 도끼로 무언가를 내려쳐본 사람이라면 도끼를 휘두르는 게 매우 어려운 기술이라는 걸 알 텐데, 아무것도 패지 못하거나 모든 것이 잘못 쪼개지거나 이미 박살 난 것을 의미

없이 또 내려치거나 자칫하면 자기 혼자 다치기 십상이다. 글이 도끼일 수 있다면 피를 철철 흘리는 발도 될 수 있다. 남들의 걱정 또는 연민 또는 무관심만 받는.

카프카의 문장에서 주목해야 할 부분은 도끼가 아니라 얼어붙은 바다 아닐까. 휘두르는 것보다 중요한 건 무엇을 찾기 위해 어디를 깰지 생각하는 것이다. 물론 아무리 섬세하게 조준한다 하더라도 책이 누구에게 어떻게 닿아서 어떤 상처를 내고 그 염증 속에서 어느 정도의 회오리를 일으킬지는 작가가 계산할 수도 예상할 수도 없다. 작가가 자신의 언어를 도끼로 다룰 때 쉽게 통제할 수 없듯 독자 역시 내면의 바다를 항해할 때 예기치 못한 난파를 수없이 겪으니 말이다. 우리가 모두 무엇이 왜 얼어 있는지 모르는 바보들일 때, 얼어붙은 바다란 대체 어디일까? 그 아래에 숨어 있을 경직된 희망이나 드넓은 상상력이 분출할 수 있도록 하려면 어떻게 해야 할까.

도끼책은 어떤 현상이나 인식, 체제, 정의, 시스템 등 대부분의 사람이 동의할 법한 전제를 제시하고 그것이 작동하지 않는 구석을 찾아낸다. 세상에는 남자와 여자가 있다는데 과연 그럴까? 네 신체는 네 것이라는데 정말 그럴까? 정의는 실현되어야 한다는데 정의도 사실 폭력이 아닐까? 인간을 규정하는 보편적인 기준이 있다는데 무엇일까? 그런 게 정말 존재할까? 도끼책은 질문을 던지며 사람들이 알고 있다고 믿는 것이 환상에 지나지 않는다고 말함으로써 독자를 고독 속에 밀어 넣는다. 그러므로 도끼책이 닿아야 할 얼어붙은 바다란 단단한 땅처럼 보이는 곳이다. 질문을 받지 않는 곳, 패턴이 있는 곳, 우연이 없어 보이는 곳, 권력이 쌓여 있는 곳이다. 다만 깨기만 하면 새로운 담론이 범람할 수 있는 곳이다.

한 사람 안에 있는 얼어붙은 바다는 그의 확신이다. 비빌 언덕이자 믿을 구석이다. 사고하고 사유하며 계속 이어지는 지난한 항해 도중 잠시 쉴 수 있을 것처럼 보이는 자리. 그걸 뺏을 담력이 없으면서 도끼를 휘둘러서는 안 될 것이다. 늘 반성하며 생각한다. 끔찍한 일들을 책임감 없이 함부로 쏟아내는 글을 쓰지 말자고, 자기실현만을 앞세워 충격을 가하지는 말자고. 기분만 나쁘게 만들고 아무것도 완수하지 못하는 작가가 되지 말자고.

꿈펜티멘토

올해 봄과 여름 사이 어느 모호한 계절에 친구와 싸우는 꿈을 매일 꾸었다. 실제로 있었던 일인데 내가 애써 외면하는 것은 아닌지 의심스러울 정도로 그 사나운 악몽은 밤마다 끈질기게 찾아와 나를 괴롭혔다. 주눅들게 만들었다. 꿈속에서 친구는 이런 말을 했다. 너는 너무 낭만적이야. 순진해. 제발 현실을 직시해. 난 네가 제발 스스로 생각을 좀 했으면 좋겠어. 눈썹 끝자락에 손가락을 대고 톡톡 두드리며 나를 내려다보는 친구의 얼굴은 아주 사실적이지만 표정을 너무 자주 바꾸어서 인공지능이 생성한 영상 같기도 했다.

나의 어떤 부분이 순진해 보이냐고 묻자 꿈속의 친구는 내 글을 보면 다 알 수 있다고 답했다. 내가 사실 비겁하다고 했다. 너는 진짜 중요한 이야기는 제대로 꺼내지 않고 숨어. 온통 네 얘기뿐이지. 네가 자신 있는 것, 네가 아는 것이 너뿐이니까. 남들 읽으라고 쓰는 글인데도 너만 있어. 네 얘기가 아니면 자신이 없는 거지? 그러니까 항상 패턴이 똑같고 주제가 흐릿하고 작가의 말이나 인터뷰에서 어쭙잖게 보충하려고 변명하는 거지.

나는 얼굴이 새빨개진 채로 소리친다. 그건 누구나 그래.

그러면 친구는 깔깔 웃는다. 넌 기만적이야. 네가 가난을 알아 노동을 알아 뭘 알아. 뭔가가 되어보려고 그렇게 노력한 적도 없으면서 글만 보면 너무 열심히 살아서 갈려나간 사람 같아. 심지어 넌 굳이 따지자면 이민자도 되어본 적 없잖아. 종종 멀리 떠났지만 항상 돌아올 안전한 집과 가족이 있었잖아. 당사자성이 없는데 그런 외로움 얘기는 왜 맨날 하는 거야? 타고난 드라마 퀸이라서? 과시하고 싶어서 일부러 징징대는 스타일이니까? 참 꼴불견이라는 거 알아? 세상에서 너만큼 호들갑을 떠는 사람은 없을 거야. 네가 왜 순진하냐고? 네가 허구한 날 구원이니 세계니 알맹이 없는 말만 늘어놓고 무슨 이야기든 사랑으로 귀결시킬 때 너무 웃기거든. 아니? 느끼해서 미칠 것 같거든.

친구는 마치 내 모든 생각을 자질구레한 것까지 기록해둔 메모에 한 줄 한 줄 각주를 다는 사람처럼 말했고 꿈속의 나는 결국 친구가 뒤를 돌 때 바닥에 놓여 있는 책을 들어 그 애의 뒤통수를 힘껏 내려쳤다. 어떤 대답을 들려주어야 할지 알 수 없었고 친구의 말이 거의 다 맞았으니까. 엎드려 쓰러진 친구를 뒤집자 친구는 내 얼굴을 하고 잠들어 있었다.

나에 대해 이 정도로 비정한 평가를 할 수 있는 것도 나밖에 없다는 사실을 매일 아침 깨달아야 했다. 친구들은 나를 좋게 생각해준다. 나도 친구들을 좋게 생각하듯이. 불만이 있어도 그게 우리 관계를 뒤흔들 정도로 대단하지 않다면 굳이 서로 지적하지 않는다. 어릴 땐 몰랐지만 이제는 우리가 다 다르고 다 달라도 계속 친하게 지낼 수 있다는 걸 아니까. 그럼에도 가끔 나는 거울 속의 내가 아니라 친구의 얼굴을 빌려 내 문제를 꼬집고 비판하고 가끔 폭언한다. 무의식적으로 친구를 남용한다.

몽상과 명상 사이 어떤 모호한 시간에 내가 지운 나의 진심이, 글에 쓰지 않은 나의 마음이 드러나는 일이 종종 있다. 꿈에서, 또는 길 위에서, 친구를 만날 때. 친구와 싸운 꿈을 꾸고 나서 친구를 만났더니 너무 두렵고 가슴이 뛰었다. 친구는 내가 왜 긴장한지 모르는 채로 눈을 깜빡였고 나는 친구의 얼굴 위에 아른거리는 또 하나의 상을 마주하느라 애를 먹었다. 내가 지어낸 어떤 말을 발설해버릴 것 같은 꿈속의 친구가 보여서 부지런히 눈을 피했다.

얼마 전 악몽에 시달린 날들에 대해 쓴 일기를 다시 펼쳐서 제목을 달아두었다. '펜티멘토(pen-timento)'. 미술관에서 배운 단어다.

그림을 그리다가 지우고 덧그려도 원래의 형태가 어렴풋이 남아 있는 경우가 있다. 밑그림 자국이 시간이 지나면서 완성본에 아련히 드러나기도 하고, 옛날 미술 작품 중에는 한 캔버스에 이중으로 그림이 그려져 있어서 첫번째 그림을 엑스레이를 통해 발견하기도 한다. 이런 것을 미술 용어로 펜티멘토라고 부른다. 이탈리아어로 회개를 뜻하는 낱말이다.

펜티멘토는 지우고 그 위를 덮어도 드러나고 마는 흔적이다. 지워진 마음이 꿈에서라도 드러난다면, 누군가가 내 말이나 글 아래에 깔린 또 다른 흔적을 발견할 수 있다면, 그런 방식으로라도 회개한다면 펜티멘토라는 이름을 붙여줄 수도 있겠다고 생각했다.

흉충

흉충은 보기 흉한 벌레를 가리키는 말이지만 이 단어에서 흉은 가슴을 뜻한다. 가슴에 사는 벌레, 충해를 입은 마음을 나타내기 위해 내가 만들어 낸 말이다.

흉충을 떠올린 건 영단어 '블라이트(blight)'의 쓰임을 공부하고 있을 때였다. 블라이트는 곡식의 병충해를 뜻하는데, 사과나무나 서양 배나무가 걸리는 부란병은 'fire blight', 가지마름병은 'twig blight', 감자의 잎마름병은 'potato blight'라고 쓴다. 각각 병징이 서로 다르다고 해도 그 모습은 병충해라는 단어 앞에서 떠올릴 수 있는 이미지들의 범주에서 크게 벗어나지 않는다. 갈색으로 변하거나 얼룩덜룩한 반점이 있거나 썩어서 구멍이 송송 나거나 곳곳이 시들어 새까매져 있거나. 그 때문인지 블라이트는 어두운 그림자가 진 것을 가리키기도 한다. 쇠퇴한 도시, 개발되거나 관리되지 않아 불빛이 적고 지저분한 지역을 '어반 블라이트(urban blight)'라고 쓸 수 있고 '어떤 불행이 악영향을 끼쳤다는 의미(cast a blight on/over something)'으로도 쓸 수 있다.

블라이트를 동사로 쓰면 '망치다', '엉망으로 만들다'라는 뜻인데 마찬가지로 꼭 곡식에만 쓰지 않고 한 사람의 경력이나 내면이 망가졌을 때, 희망이 부서졌을 때도 쓴다. 나는 이 단어의 쓰임과 병충해의 이미지들을 혼합하여 이해하면서 구멍이 송송 뚫린 정신, 기억, 심연을 표현하기에 적절하다는 생각을 하지 않을 수 없었다. '마음 병충해(mind blight)', '병충해를 입은 마음(blighted heart)'이라는 단어 조합을 자연스럽게 떠올리고 말았다.

어떤 단어나 이미지를 보고 그것을 곧장 비유로 전환하는 것이 늘 현명하지는 않지만 자연스럽기는 하다. 블라이트는 이미 쇠락한 것, 부서진 것에 대한 은유로 쓰이고 있어서 나 역시 이 단어를 나만의 용어 목록에 추가할 때 희열이나 분노보다는 슬프고 공허한 마음을 표현하는 영역으로 배당해야 했다. 구글 이미지가 보여주는 수많은 병충해 사진을 보자마자 생각난 또 다른 표현이 블라이트와 맞물리면서 이 단어는 내 안에서 완전히 슬픈 단어가 되어버렸다.

영어 화자들은 종종 '내 일부가 죽어버렸다'는 표현을 쓴다. 상실을 경험했을 때, 실제로 죽지는 않았지만 내면을 되돌릴 수 없을 정도로 훼손당했을 때, 특정한 상처에 대해 회복이나 완전한 치유를 기대할 수 없을 때, 그로 인해 이전과는 다른 사람이 되었다고 느낄 때. 일상을 망가뜨리는 충격적인 사건과 그에 뒤따르는 슬픔, 고통, 실망, 공허 등을 말할 때. 가족이나 친구가 죽었을 때 '내 일부가 그와 함께 갔다, 사라졌다'라는 식으로 쓰기도 하고, 진실이나 상식이라고 믿었던 것이 뒤집혔을 때나 맹목적인 신념이 꺾였을 때도 사용된다. 극단적이면서도 간단한 이 표현은 영어에서 자신의 부분적 죽음을 말함으로써 트라우마를 설명하는 하나의 방법이자 은유다. 한 사람의 영혼이 식물의 모습을 하고 있다면 트라우마로 인해 죽어버린 일부는 병충해를 입어 구멍이 난 것처럼 보일 것이다. '블라이트'와 '내 일부의 죽음'은 모두 내 머릿속에서 흉충이 갉아 먹은 잎과 열매의 모습으로 나타난다.

하지만 이 표현들이 슬프기만 한 걸까? 두 표현을 바라보고 생각하는 방법이 그것밖에는 없을까? 단어를 바라보는 내 납작하고 편협한 사고방식에 불만을 느끼며 글을 쓰다보면 어느 순간 두 단어는 혁명을 일으키며 활활 타오른다. 양쪽에서 동시에 번지는 맞불처럼 빠르고 강렬하게. 나는 잿더미가 된 들판 앞에서 생각을 새롭게 시작한다. 이제 이렇게 말할 수 있다. 자신의 일부가 죽었다는 표현은 자기 자신을 여러 부분으로 나누어서 지각하고 있다는 점에서 흥미롭다고. 말장난 같지만 지평선의 확장은 가끔 그런 말장난에 빚을 진다. 사람이 일부만 죽을 수 있는가? 죽음은 단 한 번만 일어나는 일이 아닌가? 취소 불가능한 피해를 죽음에 빗대는 것뿐일지라도 일부의 죽음이란 나머지가 살아 있음을 명료하게 드러내는 표현이다. 구멍 뚫린 식물도 여전히 살아 있다.

나는 블라이트를 슬픈 단어로 지정했지만 맥락까지 슬플 필요는 없다. 남아 있는 연약하고도 생생한 초록을 지시하기 위해선 흉충의 등장이 불가피하다. 내 일부의 죽음 역시 고통스러운 사건을 겪고 씻을 수 없는 통각에 시달리더라도 다른 일부는 여전히 강건하다고 표출하는 해방적인 언사가 될 수 있다. 게다가 이 표현, 늘 진지한 맥락에서만 쓰이는 것도 아니다. 게임에서 지거나 실수를 범하거나 간과하던 것을 깨닫고 나서 자신의 감정을 과장할 때도 쓰이고, 아무것도 몰랐던 자신을 비웃고자 할 때도 쓰인다.

어느 날 벼락을 맞은 사람이나 카드 패를 잘못 뒤집은 사람이 머리를 쥐어뜯으며 돌이킬 수 없는 일에 좌절하고 그로 인해 삶까지 바뀔 수 있지만 다음 날 아무렇지 않게 살아갈 수 있다. 구멍이 났지만 남아 있는 마음으로도 그럭저럭 야무지게 살 수 있다. '흉충'은 그저 그 어느 날을 지나가는 사람에게 언어를 한 조각이라도 더 쥐여주려고 만든 말이다. 슬픔을 말하는 단어가 있을 뿐 슬픈 단어는 없는 것 같다.

나만 아는 단어

1판 1쇄 발행일 2026년 1월 26일

지은이 김화진 황유원 정용준 임선우 권누리
김선형 김복희 유선혜 정수윤 김서해
발행인 김학원
발행처 (주)휴머니스트출판그룹
출판등록 제313-2007-000007호(2007년 1월 5일)
주소 (03991) 서울시 마포구 동교로23길 76(연남동)
전화 02-335-4422 **팩스** 02-334-3427
저자·독자 서비스 humanist@humanistbooks.com
홈페이지 www.humanistbooks.com
유튜브 youtube.com/user/humanistma
페이스북 facebook.com/hmcv2001
인스타그램 @boooook.h

편집주간 황서현 **편집** 김대일 **디자인** 차민지
용지 화인페이퍼 **인쇄** 삼조인쇄 **제본** 민성사

ⓒ 김화진 황유원 정용준 임선우 권누리 김선형 김복희 유선혜 정수윤 김서해, 2026

ISBN 979-11-7087-433-1 03810